殺人鬼

横溝正史

角川文庫
14484

目次

殺人鬼

一

西洋のある小説家の説によると、五百人に一人のわりあいで、まだ発見されていない殺人犯人がわれわれの間にいるということである。つまりその人の説にしたがえば、われわれの周囲には五百人に一人のわりあいで、人殺しをしたやつが、何くわぬかおをして、大手をふって世間をのし歩いているというのだ。もしこれが真実とすれば、われわれはなんという恐ろしい社会に住んでいるのだろう。

諸君よ、諸君の隣人は大丈夫ですか。右隣のいかにも謹直そうな会社員のKさんは、昨年奥さんをうしなって、ちかごろ若い細君を持ったようだが、あれはひょっとするとKさんが、奥さんに少しずつ毒を盛って、人知れず殺したのではありませんか。

左隣のMさんはいかがです。ちかごろMさんはお役所の用事で地方出張とやらですが、あれはほんとうに地方へ出張しているのですか。いつもにくらべて少し長すぎるとは思いませんか。ひょっとすると細君が、わかい男とぐるになって、Mさんを殺して裏の庭へ埋めてあるのではありませんか。

それからお向かいのHさんはどうです。Hさんの御主人はえらい学者だということですが、気がむくと真夜中でも家をとび出し、そこらじゅうを歩いて来るというじゃありませんか。ひょっとするとあの人こそ、ちかごろ新聞で騒がれている、女たらしの殺人鬼ではありますまいか。いえいええらい学者だとて決して油断はなりません。学者で人殺しをした例はいくらもあります。Hさんのあのもの静かな態度、ひくいボソボソとした口の利きかた、あれが曲者ではありますまいか。

あの晩――それは四月はじめのうすら寒い晩であったが――あの男を見た刹那《せつな》、私がゾーッと冷水をあびせられたような寒気《さむけ》をかんじたのは、電車の中ではからず読んだ外国雑誌の記事から以上のようなことをかんがえていたせいかも知れない。それともうひとつには、あの女の怯《おび》えきって真っ青になった顔色が、はっと私にただならぬものを感じさせたせいもあったろう。

その男は黒い帽子をかぶり黒い眼鏡をかけていた。それから黒い外套《がいとう》を着て、なんの木だか知らないけれど、太いステッキをついていた。片脚が義足らしく、歩くたびにコトコトと無気味な音を立てた。その男は駅のまえで立ち話をしている私たちのそばを、肩もすれすれに通っていったが、通りすぎるとき、黒眼鏡の奥から、ギロリと私たちのほうを睨《にら》んでいった。私が氷に吹かれたように、ゾーッとそそけ立ったのはその瞬間なのである。

私とならんで立っていた女も、同じような印象をうけたにちがいない。その証拠に、あの不思議な義足の男が、コトコトと義足を鳴らしながら、向こうの闇に吸いこまれるのを見送った私が、ほっとして女のほうを振り返ると、彼女はまるで蛇に魅込まれた蛙のように、じっと体をすくめて、肩のあたりが小刻みにふるえていた。白い項《うなじ》にもべっとり汗をかいているらしく、おくれ毛が四、五本、飴《あめ》のように粘りついていた。……

ところで、正直のところ、その女というのも、私にとっては全然未知の女なのであった。その晩私は銀座のほうで、探偵作家仲間の会合があったので、それに出席してのかえりであった。吉祥寺《きちじょうじ》で電車をおり、ブリッジを渡って、改札口を出たところで、その女にうしろからよびかけられたのである。

「まことに失礼でございますが、あなたはどちらのほうへおかえりでございましょうか」

その女は相当豪奢《ごうしゃ》な毛皮の外套にくるまっていた。頭には造花をあしらった小さい帽子を、額がかくれるようにのっけていて、その帽子には水色のうすい紗《しゃ》が、泡のように盛りあがっていた。年齢は二十七、八であろう。どちらかというと面長の、日本流のかおなのだが、化粧がたくみなせいか、ちっとも古くさい感じのしない、典雅な、貴婦人といったふうな、美しい面影をつくりあげていた。

私はだしぬけにそんな美しい女から話しかけられたものだから、思わずドギマギとして、Y小路へかえるものであるということを、辛うじて口に出すことができた。すると女はほっとしたように、

「Y小路といえば、成蹊《せいけい》の手前ですわね。あの、まことにぶしつけでございますけれど、あたしもその方角へかえるものですが、途中まで御一緒願えませんでしょうか」

女は訴えるような目で私の顔を仰いだが、そのとたん、私ははげしい戦慄《せんりつ》をかんじたことである。むろん、女が同行を求めたのには、別に深い意味があったわけではなかろう。ちかごろでは市内の目ぬきの場所でさえ、夜になっての女の一人歩きは危ないのに、ましてや郊外の人家もまばらなこのあたり、女が危険をかんじて当惑するのも無理ではなかった。しかしこれを逆にかんがえると、彼女は私ならばと目串《めぐし》をさしたわけである。つまり私の様子には、どこか女の信頼感を誘うところがあったにちがいない。そうかんがえると、私は大きに満足で、一も二もなく彼女の申し出《い》でを承諾した。あの不思議な義足の男が出現したのは、ちょうどこういう立ち話をしているやさきであった。そのとき私は気がついたのだが、この女は義足の男の存在を、私よりずっとまえから意識していたのにちがいない。いや、その男のことがあるから、私に同行を求めたのであろう。

それはさておき、義足の男が見えなくなると、私たちは駅をはなれてボツボツ歩き出した。私はよっぽどいまの男を知っているのかと訊《たず》ねたかったが、相手の恐れようがあまりはげしかったので、かえって訊ねるのをひかえていた。女もそれを訊《き》かれたくない様子で、私が口をきるまえに、自分のほうからボツリボツリとこんな話をした。

今夜は友達のうちにダンスパーティーがあって招かれたのである。自分は早くかえりたかったが、遅くなったら送ってくれるというものがあったので、ついズルズルと長くなった。ところが送ってくれるというかんじんの相手は、いざという時分には、グデングデンに酔ってしまって、かえって別のものがそいつを送っていかねばならぬ始末になった……。そんなことをいって彼女はクスクスとおかしそうにわらった。

彼女がわらったので、私もようやくくつろぎを取り戻した。それにこの女は、つとめて標準語をつかっているものの、どこかに柔い上方《かみがた》なまりがあって、それが同じ上方うまれの私に、一種の気安さを感じさせた。そういうことからおいおい口がほぐれて、私たちはかなり親しげに話をしたが、そのうちにどういうきっかけからか、私はさっき電車の中で読んだ外国雑誌の記事のことを話していた。

「だからお互いに気をつけなきゃいけません。何しろ五百人に一人のわりあいですからな。どこにどんな悪いやつがいないとも限りません。うわべは神妙なかおをしていても、心の中にどんな秘密を抱いているかもわからない。……と、いうような奴が五百人に一人はいるというのだから決してよその世界の話じゃありません。われわれの身辺にもそういう奴がいるわけですよ。げんにいまこんな話をしているぼくにしたって、実際は、どんな恐ろしい秘密を持っているかも知れないわけです。あっはっは、これは冗談ですが、ところで、五百人に一人のわりあいで殺人者がいるとすると、別に五百人に一人のわりあいで、被害者がいるということになりますね。ところで、日本の死亡率はたしか千人に十六人くらいだと思いましたから、五百人に八人ということになる。だから八人のうち一人、すなわち日本の死亡率の八分の一は、自然死や病死や過失や事故ではなくて、実に人に殺されたということになりますよ」

「まあ！」

と、女は息をのんでいたが、やがてクスクスと咽喉《のど》のおくでわらって、

「それでやっと、あなたのお話がまちがっていることがわかりましたわ。八人のうちの一人が、人に殺されたなんてなんぼなんでも……」

「信じられないというのですか。どうしてです。あなたは、では、日本中の死亡者の死因を、神様みたいに御存じですか。まさかそうじゃないでしょう。だから八人のうちの一人が、他殺であったかなかったか、そんなことはだれにもいえないわけですよ。一見、自然死や病死、過失や事故による死亡と見えるものでも、ほんとうはそのかげに、どんな人為的な手が働いていないとも限りません。たとえば、ちかごろよく鉄道事故がありますね。汽車が脱線転覆したり、満員電車からふり落とされて死んだというような記事が、毎日のように新聞に出ているじゃありませんか。あれだって、ほんとに過失でふり落とされたのか、ひょっとすると、混雑にまぎれて、だれか恨みのあるやつが、突き落としたのではあるまいか……列車の転覆にしたところで、その中に乗っている一人を殺すために、線路に細工をしておくというような場合が、絶対にないとは限りません」

「もうたくさんですわ。夜道にそんな恐ろしい話……あんまりですわ」

女はしだいに私に対して、おそれを抱いてくるらしかったが私にはかえってそれがおも

しろく、相手の気持ちなど、委細かまわず、ズンズン話をつづけていった。

「それにもう一つ、行方不明というやつがありますよ。行方不明になった人物、すなわち失踪者《しっそう》はある期間がくるまで、死亡者として登録されておりません。しかしその中にはずいぶん、殺されたやつだってあるにちがいない。殺されて、人知れずどこかに埋められて……奥さん、お宅の隣人は大丈夫ですか。お隣の裏庭を掘ると、死体がゴロゴロ掘り出されるなんてことはありませんか」

「よして、よして、よして、……あなたはなぜそんな怖いお話をなさるの。ひどい方ね。あたしになんの恨みがあって、……」

女の恐怖には、ほとんど肉体的ないたみを伴うているらしかった。暗いので顔色はよく見えなかったけれど、おそらく真っ青になって、苦痛に唇もひんまがっているらしかった。しかし、こうして女が恐れれば恐れるほど、話に張り合いがあるというものだ。私はいよいよ図にのって、

「まあ、いいからお聴きなさいよ。五百人に一人の殺人犯人……それのいちばんいい例は、ちかごろ評判の殺人鬼ですよ。いままでわかっているだけでも、あいつは六人の女を殺している。それでいてまだつかまらないのみならず、どこのだれともわからないのだから恐ろしいじゃありませんか。あいつだって格別人とちがった風采容貌《ふうさいようぼう》をしているわけじゃない。いや、われわれとちっとも変わらないからこそ、いままでつかまらずにいるわけです。

ということは、あの殺人鬼はどこにでもいるという可能性があり、ひょっとすると私の隣人がそれかも知れない。あなたの隣人がそうかも知れない。いやいや、ひょっとすると、かくいう私自身がそれかも知れないという可能性も、他人からみればかんがえられるわけです」

「いや！　いや！　そんな怖いこと！　ねえ、もうそんな意地の悪いこと言わないで……ああ、あなたはお酒に酔っていらっしゃるのね。そうだわ。少し酒臭いわ」

さよう、私は少し酒に酔っていた。そしてようやく発してきたその酔いが、私にますます嗜虐《しぎゃく》的な興味をそそるのであった。

「あっはっは——そうですよ、そうですよ。あの殺人鬼はだれでもありうるわけですよ。実際、危うく虎口《ここう》をのがれたあの幸運な娘をのぞいては、だれもそいつを見た者はないのですからな。ところで、その娘の話によると、そいつは、黒い帽子をかぶり、黒い眼鏡をかけ、低いやさしい声で口をきく男で、かるく足をひきずっている……」

そこで私ははたと口をつぐんだ。ふいにある考えがさっと私のあたまの中へとびこんできた。私は女を振り返ると、早口にこんなことを訊ねた。

「奥さん、奥さん、……いや、これは失礼、あなたは奥さんでしょう。それとも……」

「いいえ、あたくし、人妻でございます」

女がひくい声で答えた。

「それじゃ、奥さん、お訊ねしますが、さっきの義足の男、あれはどういう男ですか。あれは奥さんを尾行して来たのでしょう。そして奥さんはそれが怖いものだから、私に同行を求められたのでしょう。ひょっとするとあの男が、ちかごろ有名な殺人鬼では……」

女は急に立ちどまった。顔色は見えなかったけれど、手にした懐中電燈が（言い忘れたが彼女は名刺型の懐中電燈を持っていたのである）ブルブルとはげしくふるえていた。

「あなた、もう後生だから、そんなことおっしゃらないで、……あの人が殺人鬼だなんて、そんなバカな……そんなバカな……」

「あの人……？　それじゃ奥さんは、あの男をご存じなんですか」

女はそれに対して、否とも応ともこたえないで、そわそわあたりを見回していたが、急に気がついたように、

「あら、もうここはY小路ですわ。あなたのお宅はどちらですの」

女に注意されるまでもなく、私はさっきから気がついていた。私たちはそのときちょうど、私の家——いや、私が同居している友人の家の前に立っていたのである。私はにわかに現実に立ちもどると、

「いや、失礼いたしました。ここが私の家ですよ」

「まあ……」

女は懐中電燈をかかげて表札を読むと、

う」

「いや、それは友人の表札です。ぼくは同居人だから、小さく名刺が貼ってあるでしょ

「戸川唯一……さんとおっしゃいますの」

女はまた懐中電燈をかかげると、

「八代竜介《やしろりゅうすけ》さん、八代竜介さんとおっしゃいますのね」

と、口のうちでつぶやきながら、小首をかしげて、暗やみのなかからじっと私の顔を見つめていたが急に気がついたように、

「失礼いたしました。ここまで送っていただけばもう大丈夫ですから……ありがとうございました」

かるく会釈していきかけるのを、私はあわててあとを追いかけた。

「奥さん、そりゃあいけませんよ。ここまで送ってお宅までお送りしないのは、仏つくって魂を入れないのも同じことです」

「でも、もうすぐですから……」

「すぐだからお送りしましょう。大した手間はかからないのですから。あはっはっは、大丈夫ですよ。もうあんな話はしませんから」

女の家はそれでもまだそこから二、三丁ほどあった。成蹊の原っぱのほとりに、一軒ポツンと建っている和洋折衷の家がそれだった。自分の家が見えてくると、女はにわかに元

気づいて、

「あれがそうですの。一軒建ちでしょう。だから死体がゴロゴロ掘り出されるようなお隣は、どっちの側にもありませんのよ」

そんな冗談をいう元気も出てきた。そばまで来ると、だれか人が家のまえに立っているのが見えた。女はそれを見ると、

「あら、うちのが迎えに出てくれてますわ」

と、小走りに走っていくと、ほとんど相手の腕に身を投げかけるようにして、

「あなた、すみません。すっかり遅くなっちゃって……」

「お連れがあるのかい」

彼女の良人《おっと》はすかすようにこっちを見たが、そのとたん、なあんだこの男かと私は思った。その男ならおりおり駅で出会うので見覚えがあった。色の浅黒い――というよりも鉛色の不健康そうな顔色をした陰気な男で、年齢は四十五、六である。この男が女の良人だとすれば、だいぶ年齢のちがった夫婦である。

「いいえ、こちらY小路に住んでいらっしゃる八代さんとおっしゃる方なんです。同じ電車だったものだから、無理にお願いして送っていただきましたの。だって途中が怖いんですもの」

女の声は甘えるように鼻にかかっていた。私はもうこれ以上とどまっている理由もない

ので、彼女の良人のあいさつをかるく聞き流して、

「それじゃ、これで……」

と、踵《きびす》をかえしたが、そのときなのである。あの足音がきこえてきたのは……

コトコトと、木魚をたたくような陰気な義足の足音が暗やみのなかからちかづいて来ると、やがて黒眼鏡をかけて、太いステッキをついたさっきの男が、ぬうっと門燈の光の中にうかんで出て来た。義足の男はあわてず騒がず、ゆっくり三人のほうにちかづいて来ると、

「こんばんは……」

低いボソボソした声でそういうと、また向こうの暗やみのなかにのまれていった。コトコトと、陰気な義足の足音をひびかせながら……。

二

その夜の出来事はごく些細《ささい》な、一見なんでもないような事件であったが、それでも当時の単調な私の生活にとっては、たしかに一つの刺激剤となった。それはまるで灰色の吸取紙にたらした一滴の紅のように、私の心のなかに広がりながら食い入っていった。

ここで簡単に自分の身の上話をしておこう。私が探偵小説を書き出したのは、戦争まえ

からのことだが、いまだ文名大いにあがらざるうちに事変が起こり間もなく私は応召した。爾来《じらい》数年、応召したり帰還したり、同じようなことを繰り返しているうちに終戦となった。終戦当時私は南鮮にいたので、外地派遣軍としては、いちばん早く復員したほうである。帰ってみると両親も兄弟も亡くなり、家も焼けてなくなっていた。つまり私はまったくひとりぼっちの、しかも無一物でこの世に投げ出されたみたいなものであった。ただここに幸せなことには、私にいくらかの文才と、探偵小説を構成する頭脳があったことであり、しかも敗戦で一変した社会は、昔とうってかわっての探偵小説の歓迎ぶりであった。そこで私は大いに書いた。書いて書いて書きまくって、文名一時にあがる……というほどではないにしても、とにかく作家としてとおるようになった。むかしから私の書くものには、一種強烈な色彩があるといわれたものだが、戦後はとくにその色彩が鮮明になった。ひとつにはそれは、むかしのように多くの制肘《せいちゅう》を受けなくなったせいもあるが、もうひとつには、私の神経が戦争のためにきたえられたというよりも麻痺《まひ》してしまって、血だの死体だのに驚かなくなったせいもある。そこで私は小説のなかに、ふんだんに血を流し、ゴロゴロするほどの死骸《しがい》を、将棋の駒を動かすようにおもちゃにしてみせた。それが受けたのである。

おかげで私は収入には困らなかった。いや、現在の世間一般からみれば、むしろ恵まれたほうだったかも知れない。しかし、一攫《いっかく》数百万というような大ヤミ師ならいざ知らず、たかが原稿紙を一こま一こま埋めていく作家風情では、いかに景気がよいとはいえ、おのずから限度がある。われわれのつかみうる金でできる憂さ晴らしといえば、せいぜい酒を飲むか、ヤミの女をからかうか。……私も聖人ではないし、それにまだ若いのだから、むろんこの二つにかなり沈湎《ちんめん》してみたが、どういうものか私には、それに耽溺《たんでき》しきることができなかった。あほらしさがさきに立って、すぐあきがきた。こうして遊びにも耽溺できない私の生活は、いよいよますます退屈なものになり、退屈であるがゆえに、いよいよますます私の心はすさんでいくようであった。

この間の夜の経験は、そういう私の救いがたい灰色の生活に、ひとつの楔《くさび》を打ちこんだも同様だった。あの夜以来私は、さしせまった仕事もおっぽり出して、三つの面影を追いまわしていた。私はそれを、七面倒な探偵小説の筋を組み立てるように、いろんな組み合わせに組み立ててみて、ひとりで好奇心のとりこになっていた。それにしても賀川達哉《かがわたつや》とその妻加奈子（これがその後私の探り出したあの夫妻の名前である）と、それからあの不思議な義足の男との間には、いったいどういう因縁があるのだろう。私は大いに作家的空想をたくましゅうしてみたが、もとより真相を洞察すべくもなかった。ただ、そのとき私が漠然と感じたのは、この事件はこれでおしまいではない。ひきつづいてきっと何か起こるだろう。そしてその中で自分も一役演ずるのではあるまいか……そんなふうな予感がしきりに動いたものだが、私のその予感は果たしてまちがっていなかったのである。

それはあの夜からかぞえて、一週間ほど後の夕方のことである。友人夫婦は東京へ出ていって、そのとき私はただ一人で留守番をしていたのだが、すると、だしぬけに表の格子があわただしく開いて、だれか駆け込んで来た気配だった。おやと私は読みかけの本から目をはなして、玄関のほうへ耳をすましたが、それきりあとは物音もしない。私は急に気がついて、机の前から立ち上がった。ちかごろはとかく物騒だから、くれぐれも気をつけてくれるようにと言いのこしていった、宿の細君のことばを思い出したからである。

玄関へ出てみると、女が一人上がりかまちに身を伏せて、はげしい肩の息遣いだった。

私は驚いて声をかけた。

「ど、どうしたのです。君はだれです」

女はうつぶしたまま、いやいやをするように頭を左右にふったが、そのとたん、私ははっと相手がだれであるか気がついた。と、同時に彼女のいささかはしたない、この狂態の意味も了解することができるように思った。

「あ、あなたは賀川さんの奥さんですね。ど、どうしたんです。もしや、また、あいつが……」

加奈子はうつむいたまま、二、三度強くうなずいた。私はそれを見ると彼女のからだをとび越えて、はだしのまままたたきの上に跳びおりた。加奈子は驚いて顔をあげると、

「あ、あなた、よして、よして、……あの男に何もしないで」

「大丈夫です。ちょっと様子を見て来るだけです」

外へ出てみると、半丁ほど向こうの曲がり角に例の義足の男が立って、じっとこちらを見つめていたが、私の姿を見るとふいと顔をそむけて、コトコトと義足を引きずりながら、曲がり角の向こうへ消えていった。

「大丈夫です。もう向こうへいってしまいましたよ」

玄関へひきかえして来ると、加奈子はいろの褪《あ》せたかおをして、上がりかまちにからだを固くして腰をおろしていた。

「まあ、それじゃまだそのへんにいましたか」

「向こうの四つ角のところに立っていましたよ。でも、もう大丈夫です。ちょっと上がりませんか」

「ええ……」

加奈子はたゆとうような目をして私の顔を見たが、すぐまた気になるように表のほうへ目をやった。

「大丈夫です。かえりには送ってあげますよ。ちょうどだれもいないんです。それとも御主人のことが気になりますか」

「いいえ、うちのは今日いないんです。だからいっそう怖くって……夢中でとびこんでしまって……ごめんなさい」

最後のごめんなさいということばを、女学生のような言い方で言うと、加奈子はほんのりと頬をそめた。

「ああ、そう、御主人がお留守だとすればなおのことです。まあ、ちょっとおあがりなさい」

「ええ。……」

彼女は煮えきらぬ返事をして、なおしばらくためらっているふうであったが、やがて心をきめたように、

「それじゃ、ちょっとお邪魔していこうかしら」

「さあさあ、どうぞ、きたないところですよ。何しろ男やもめだから。……」

部屋へとおると、彼女は思い出したようにこの間の礼を言った。それから、美しい瞳《ひとみ》で私をにらむようにしながら、

「でも、あのときはほんとうに怖かったんですのよ。だって、あなたったら、いろんなことをいって脅かすんですもの。いったいどういう人だろうと思ったわ。ひょっとすると、この人こそ、ちかごろ有名な、あの……殺人鬼じゃないかしらなどと考えたりして……」

「はっはっは、あのときは失礼しました。少し酔っていたものだから……それにあなたがあまりビクビクしていらっしゃるもんだから、ついいたずらごころが起こったんです。でも、もう疑いは晴れましたか」

「ええ、宅へかえってからやっとあなたのお名前を思い出したんです。表札を拝見したときからどっかできいたような名前だと思っていたんですけれど……探偵小説をお書きになるのね」

彼女は一種の情をこめた瞳で、またやさしく私をにらんだ。今日の彼女はこのあいだとちがって盛装ではなく、小ざっぱりとしたアフタヌーンを無造作に着て化粧もごくあっさりしていたがそれでいて、この女の美しさは非常なものであった。この間は夜だから気がつかなかったが、肌の美しさは真珠のようであった。それにものを言うとき、上眼でやさしく相手をにらんで、子供のように小首をかしげるその所作に、なんともいえぬ色気があり、私は口のなかに生唾《なまつば》がたまるようなかんじだった。加奈子は私の目のいろに気がついたのか、はっと居ずまいを正すと、ボーッと頰を染めた。私もそれで、自分のかおいろに気がつくと、あわてて目をそらした。

「いったい、どうしたんですか。さっきのことは……」

と、とってつけたように訊《たず》ねてみた。

「ええ……すみません、だしぬけに飛びこんで来たりして……でも、あたし、あまり怖かったもんですから。……駅からずっとつけて来たんです。あたし、駅の近所まで買い物にいったんですが帰りにふと気がつくと、あの男がつけて来るんでしょう、さあ、もう怖くて、怖くて……だって、うちへ帰ったって、主人はいないんでしょう。それにあんな淋《さび》しいところだから……で、夢中になって、こちらへとびこんで来たんです」

加奈子はうったえるような瞳で私を見たが、すぐまたしょんぼりと顔を伏せた。

「いったい、あの男はどういう人物なんですか。あなたは何かあの男に、つけられるようなおぼえがあるんですか」

「ええ」

と、いうふうに加奈子はかるくうなずいて、しばらくアフタヌーンの膝《ひざ》をいじくっていたが、急にかおをあげると、

「何もかもきいていただきますわ。ええ、この間からそう思っていましたの。あなたは小説家だから、ふつうの人とはちがって、少しはあたしに同情を持ってくださるかも知れないと思って……あの人、あたしの良人《おっと》なんです」

「良人……？」

私は思わず目を見はった。

「ええ、そう、戸籍もちゃんと入っています。でも、夫婦として暮らしたのはたった一晩だけのことですけれど……」

加奈子はボーッと頰を染めて、それからつぎのような身の上話をしてきかせたのである。

私が察していたとおり、彼女は大阪のうまれだった。実家も相当の家らしく、学校は東京だったそうである。その彼女が結婚したのは七年前のことで、相手は船場でも有名なも

のもちの一人息子で、名前は亀井淳吉《かめいじゆんきち》といった。家同士の関係で、前からそういう話があったことはあったけれど、それが急にまとまったのは、淳吉に赤紙が来たからである。

日本人は戦争にいくことを、死ににいくことだと考えている。せっかく男とうまれながら、人の世の楽しみも知らないで……と、いうのがまだ独身の息子たちを送り出すときの親のなげきである。亀井の両親もそれであった。そこで無理矢理に加奈子の両親を説きふせて、あわただしい結婚式をあげた。その翌朝、淳吉は「歓呼の声に送られて」出ていったのである。

「あたしはまだ子供でしたから、否も応もありませんでしたし、うちの両親は亀井から頭をさげて頼まれると、いやといえない義理があったんですわ」

加奈子はしかし幼い心にも、こんな不合理なことはないと思った。淳吉が無事にかえってくればまだしものこと、もし戦死したらどうなるのだろうと考えた。亀井の両親は淳吉が戦死したらほかから養子を迎えて加奈子と夫婦にしてあとをつがせると言っていたが、それもずいぶん身勝手な話だと思った。それに当時の世間では、戦死者の未亡人は再婚すべからずというのが常識になっていた。そうすると加奈子は、淳吉に「人の世の楽しみ」を味わわせるために、みずからの「人の世の楽しみ」を、生涯棒にふったも同じことであった。

「あたしが淳吉という人を、少しでも愛していたのなら、こんなふうに理屈っぽくはかんがえなかったかも知れません。あの一夜の思い出を胸に抱いて、良人のかえりを待っている……なんて殊勝な心がけになれたかも知れませんわ。しかし、あたしはちっともあの人を愛してなんかいなかったんですもの」

これはこのときではなく、のちに私たちの間がもっと深く濃くなってから彼女が告白したことだが、淳吉に抱かれたのちも、彼女は少しもかれに対して心が動かなかったという。

「しかし、あたしだってはじめから、こんなふうに反抗的な気持ちを抱いていたわけじゃありませんのよ。はじめのうちはあたしだって、世間なみの出征勇士の妻らしく、つつましく控え目に暮らしていたのよ」

ところが三年四年と日がふるにしたがって、そして戦局がしだいに不利となり、だれの目にももう勝ち味がないとわかるころから、加奈子はしだいにやけくそになっていった。何となしにむしょうに腹が立って、うちに包んだ反抗をだれにでもいい、爆発させずにはいられないようないらだたしさをかんじはじめた。

あの大空襲で大阪中が火の海になったのはちょうどそのころだった。亀井の家もむろん燃えあがったので、加奈子はいのちからがらただ一人で賀川の家へ落ちのびていった。

「賀川は亀井の家と親類つづきになっていますの。賀川と淳吉はいとこ同士なんです」

賀川にはむろん妻もあり、子供もあった。しかし、市内は危ないというので、家族の者はみんな疎開させて、賀川がひとり家を守っていた。さいわいその夜の空襲では、賀川の家は焼けなかったので、加奈子はひと晩そこに泊めてもらった。その夜ふたりのあいだに間違いができてしまったのである。

「あたし偽善者じゃありません。だから賀川に誘惑されたの、暴力に屈したのと、しおらしいことは言いません。あたしいまでも思うんですけれど、あのとき誘いかけたのは、ひょっとするとあたしのほうじゃなかったかしらと。……つまり、つもり積もった日ごろのうっぷんと、あの夜の燃えあがる世界の情景とが、あたしの血を狂わせたのね」

それから間もなく二人は東京へ出奔した。まだ終戦前だったからわりあい造作なく家も手に入ったが、昔とちがって転出証明のことやなんかがあるから、二人の居どころはすぐ大阪へ知れてしまった。その当座はむろんいろいろ面倒なことがあったが、どちらの親戚《しんせき》もあきれはてて愛想をつかしているのだから、そのうちにうやむやになってしまった。

「あたしにとっては、結局それが幸せで、このまま押しとおすつもりでいたんですが、そこへ去年、淳吉が復員してきたんです。あのとおり足に障りがあって……そして、目も片っ方義眼をはめてるのよ」

復員すると間もなく、淳吉は不自由なからだで上京すると、かれらの家を訪ねて来た。いままでのことは水に流すから、もう一度加奈子に家へかえってくれというのであった。一度で埒《らち》があかないと、二度も三度も訪ねて来た。あまりしつこいので、最後にとうとう加奈子がこんなことを言った。

「あなた、まじめにそんなことをいっていらっしゃるの。そんなことができるとかんがえていらっしゃるの。あなたは許すとおっしゃっても、お舅《とう》さんやお姑《かあ》さんが許して下さると思って？　あたしがそんな屈辱のなかへかえっていくと思っていらっしゃるの。いえいえ、屈辱なんかどうでもいいけど、あたし第一、あなたをちっとも愛してなんかいないのよ。愛してもいない人に、たとえ一晩でもおもちゃになって、五年も六年も窮屈な世界へしばられていたかと思うと、あたし悔しくって……恨みはこっちから言いたいくらいよ」

そんなにまで強く言わなければよかったんですけれど……と、加奈子が頬をそめながら告白するのに、でも、相手の態度があまりしつこいので、彼女はたまらなくってそんなことばをたたきつけたのである。すると淳吉の態度がふいにかわった。しばらくかれは、黒眼鏡の奥から、じっと加奈子と賀川の顔を見つめていたが、やがてこんなことを言ったそうである。

「おい、加奈子、おれをいまでもむかしどおりの、気の小さい、お人好しのお坊っちゃんだと思っていたら大違いだぞ。おれは前線で、いやというほど血だの死骸《しがい》だのを見てきたんだ。おまえたちを殺すなんて造作のないことだ。しかし、ひと思いに殺しちまっちゃ曲がない。それに加奈子、おれはまだおまえに未練があるんだ。しばらく反省の期間をあたえてやる。それでももし、お前が帰らないというのなら……」

淳吉はそこで大きな海軍ナイフを出して見せたそうである。

「あたし、あの人にそんな度胸があるとは思いません。しかし、ああしてしつこくつきまとわれると、だんだん気味が悪くなって……ええ、もうひと月あまり、まるで影法師みたいに、あとをつけまわすんです。真夜中でも家のまわりをうろついていることがあります。あたしこんな気性ですから、負けるもんか、あんなやつに負けるもんかと思いながら、あのコトコトという足音をきくと気味が悪くて、気味が悪くて……」

以上が加奈子の話であるが、これはむろんそのとき一度に話されたわけではない。いくら彼女が大胆な女でも、ただ一度しかあったことのない私に、ここまで露骨に打ちあけるはずはなかった。これはその後、彼女ともっと親しくなって、何もかも洗いざらい打ちあけるような仲になったとき、彼女の話した事柄を便宜上ここへ織りこんでおいたわけである。

さて、以上のような話をしたのち、加奈子はほっとため息をついて、最後にこんなことをつけ加えた。

「それに、いまあたしがもう一つ恐れているのは賀川のことですの。あの人はしんねりとした人で、めったに心を外にあらわさない人ですが、ちかごろではさすがにジリジリしてきています。辛抱の頂点まできているんじゃないかと思うんですの。亀井はこちらから手出しさえしなければただああして、あとをつけまわすだけですむのじゃないかと思いますけれど、もし、賀川の勘忍袋の緒がきれて、何かしでかしたら……そのときこそ、恐ろしいことが起こるのじゃないか、とそれがあたし心配で、心配で……」

加奈子はそこで急にはたと口をつぐんだ。反射的に腰を浮かすと、みるみるうちに顔がこわばって、

「ああ、また……」

と、小さく叫んだかと思うと、ふいにがばっと畳の上につっぷした。私にもすぐ彼女のおどろきの原因がわかった。

コトコトコト……

アスファルトで舗装した道を、無気味な足音がちかづいて来る。言い忘れたが、私の居間は道路に面した生垣のすぐうちがわにあるのだった。

コトコトコト……足音は私の居間のすぐ前まで来ると、そこでふっと途絶えてしまった。

私はつっと立ち上がると、いきなりガラス障子をがらりと開けはなった。それをどうかんちがいしたのか、加奈子はだしぬけに私にむしゃぶりつくと、熱いからだを無茶苦茶に私の胸にこすりつけながら、

「あなた、よして、よして、……何も言わないで、何も言わないで……」

コトコトコト……無気味な足音は、しだいに遠くなっていく。

三

それにしても、亀井淳吉のやりくちはたしかに賢明である。かれはただ加奈子のあとを執念ぶかくつけまわすだけで、別に暴力をふるうわけではないのだから、加奈子のほうでも防ぎようがないわけだ。警察へ訴える？　しかし亀井は何もしていないではないか。それに加奈子はまだ亀井家に籍があるのだから、良人が妻のあとを追いまわすのを、やめさせるという法律はどこの国にもないだろう。

それにしても加奈子のような恐るべき女が、捨てた亭主につけまわされるぐらいのことであのようにおじ気つくというのはちと仰山《ぎょうさん》だが、それには亀井の現在の境遇も大いに手伝っているのだろう。

実際、自分の身にひきくらべても、亀井の気持ちはよくわかる。前線でさんざん苦労をした挙げ句、ああいう体でかえってみれば、女房はほかの男と逃げている。しかも暗澹《あんたん》たるこの世相だ。亀井が自暴自棄になるのも無理はないし加奈子もそこを恐れているのだろう。それに亀井のあの風貌《ふうぼう》、義眼で義足というあの無気味な風貌も加奈子をおびやかすに大いに役立っているにちがいない。

それにしても加奈子という女も恐るべき女だ。いまの御主人は何をしているのかと訊《たず》ね

ると、ふふふとうすくわらって、

「ヤミ屋よ、ヤミブローカーよ」

と、ふてくされた調子で、

「だって、それよりほかに仕様がないじゃありませんか。多少あったお金は封鎖されるし、財産税はとられるし、あたし貧乏は大きらいよ」

と、投げ出すような調子で言ったが、とにかくさっきの告白でもわかるとおり、加奈子という女にはどこかノルマルでないところがある。しかもそれがあの典雅で、高貴な容貌につつまれているだけに、いっそう妖気《ようき》をおびていて、ほのじろい魅力にもなっているのだ。私はふと、さっきむしゃぶりついてきた加奈子のもえるような体温を思い出した。粘りつくようなあの感触、汗ばむような息遣い。……あのときおれはなぜもっと強く抱いてやらなかったのだろう。あいつはそれを求めていたのではあるまいか。

《だが、まあいいや。何も急ぐことはない。ごちそうは楽しんでから食うものだ》

真珠のようなあの肌を、あんぐりひとくちほおばったときの快楽を想うと、私は身うちがゾクゾクとした。そういう時がいまに来る。きっといまにそういう機会がやってくる……。

友人夫婦はまだ帰らぬ。あれから間もなく加奈子を送り出した私は、畳の上に寝ころんで、とりとめもなくそんな妄想を追うていたのだが、そのとき玄関の格子がひらいてだれか入って来たようすだった。不承不承起きあがって出てみると、暗い玄関に立っているのは、地味な洋装をした相当年配の女であった。

「御免下さいませ。夜分お伺いしてまことに失礼でございますが、あなたがこちら様の御主人さまで……」

ことば使いはていねいだが、どこかギスギスして、ジロジロと私を見る目にも、詮索《せんさく》するような露骨さがある。私はなんとなく不愉快をかんじて、

「いや、ぼくは同居人で八代というものですが、戸川君はるすですよ。夫婦とも……」

とぶっきら棒にこたえると、女はまたジロジロと私のようすをながめていたが、

「いえ、別に戸川さんに御用があって参ったのではございません。だしぬけではなはだ失礼でございますが……」

と、女はいやに切り口上で、

「さっきここへ賀川の細君がお伺いしておりましたようでございますが、あなたはあのひとと御懇意なのでございますか」

私はドキッとして相手の顔を見直した。女もはじきかえすような目で私をにらんでいる。

「いや、かくべつ懇意というほどではありませんがねえ」

「でも、加奈子さん、賀川の細君はさっきとても取り乱した格好で、ここへとびこんだではございませんか」

高飛車にきめつけるような調子が、ぐっと私のしゃくにさわった。

「とびこんだっていいじゃありませんか。そんな詮索をなさるあなたはだれです。なんの権利があってそんなことを訊ねるんです」

こちらもけんか腰だったが、すると相手もぐっと真正面から私の顔をにらみながら、

「あなたが加奈子さんと御懇意なら、私のこともきいているはずです。私、賀川の妻です。賀川の妻の梅子です」

なあるほどと私はあらためて相手の様子を見直した。としは四十ぐらいだろう。背が高く色も白いほうだが、体も顔つきも男のようにゴッゴッとして、うまみだの色気だのというようなものの全然ない女であった。

「ああ、そうですか。あなたが、……まあ、お掛けになりませんか。立ち話もなんですから」

「いいえ、私、このままで結構でございます」

「そうですか。では、御随意に……で、ぼくに何か御用ですか」

梅子は探るように私の顔を見ながら、

「私がお伺いしたいと申しますのは、加奈子さんはなんだって、さっきあんなに取り乱していたのでございますか。あの人は何をそのようにおどろいていたのでございますか」

「奥さん、それは妙なお訊ねですな。そのことならぼくよりあなたのほうがよくご存じの

はずですがねえ。あなたは加奈子さんの前の御亭主が、加奈子さんを追いまわしていることをご存じでしょう」

梅子は無言のままうなずいた。

「それならさっきの出来事もおわかりのはずですがねえ。あなたは加奈子さんがここへとびこむところを御覧になったくらいだから、あの人をつけて来た亀井君も御覧になったはずです。加奈子さんは亀井君が怖くて夢中でここへとびこんで来たんです」

梅子はそれをきくと、ギクッとしたように体をふるわせた。

「加奈子さんがそう申したのでございますか」

「そう、加奈子さんが言ったのみならず、ぼく自身亀井君のすがたを見ましたよ。奥さん、あなたは亀井君といっしょではないのですか」

「いいえ、私、いっしょではございません。あの人がとても大変なことがあるから出て来いと手紙でいってきたものですから、二、三日前に上京しまして……」

「そして、亀井君に会ったのでしょう」

「はい、会いました」

梅子の言葉はあいかわらず、切り口上だったが、どういうものかはじめほどの元気がなく、妙に動揺したところがあった。何が彼女をそのように動揺させたのか私は不思議に思ったが、その理由が分かったのはずっと後のことである。

「それならば、なぜあなたは亀井君をとめなかったのですか。あんなバカなまね、いい加減によすように忠告したらどうですか」

「はい、私もそう思ったのですけれど……」

と、梅子は案外素直にうなずいたが、急に気がついたように、

「たいへん失礼いたしました。突然あがりまして、とんだお騒がせをいたしました」

と、あいさつもそこそこに、なんだか目の悪い人が手探りをするような格好でふらふらと出ていった。

「なんだい、ありゃあ……いったいあの女は何しに来たのだ」

ひょっとすると自分と加奈子の仲をうたがって、様子をさぐりに来たのではないかと思ったがそういうふうでもなかった。それに途中から急にかわったあの素振りだ。出ていくときも妙にふらふらしていたが、何が彼女をあのように動転させたのか。——私はもう一度さっきの応答を思い出してみたが、かくべつ思いあたる節もなかった。

これを要するに梅子はなんのためにやって来たのか、さっぱり見当もつかなかったが、いずれにしても彼女の出現はたしかに興味がある。賀川といい、加奈子といい、亀井といい、さてはまた梅子といい、一癖ある人物ばかりだ。

いまに何か持ちあがらずにすむまいという私の予感は、いよいよ強くなるばかりだったが、それにしてもあんなに早くその予感が的中しようとは、さすがに私も思わなかった。

事件はその夜起こったのである。

四

　その夜、宿の夫婦がかえってきたのは九時ごろのことであった。これで留守番の任務は解除されたわけなので、私は入れ違いに家を出た。なんだか妙に胸騒ぎがしてならなかったし、それに梅子の訪ねてきたことを、報《し》らせておいてやる必要もあると思ったのだ。

　だが、ほんとうのことをいうと、それはほんの口実で、私はただ加奈子に会いたかったのである。あの真珠に血をかよわせたような妙に底光のする肌を、もう一度まぢかに引き寄せてみたかったのだ。

　さっきの彼女の話によるとこんや亭主は留守だという。おそくならぬと帰らぬと言った。してみればいまあの家にいるのは加奈子ひとりである。だからあたし怖くって……と、加奈子は吸いよせるような目をして私を見たが、そのことを考えると、私は口中に生唾《なまつば》のたまるような感じであった。

　Y小路を抜けると、そこは武蔵野《むさしの》の面影をとどむる麦畑だ。麦畑の向こうには成蹊の黒い建物と原っぱがある。武蔵野特有の雑木林もあちこちにくろぐろと聳《そび》えている。人家はあちらに一つこちらにひとつとかぞえるほどしかない。私は成蹊の原っぱをななめに突っ切っていった。賀川の家はこの原っぱと、雑木林ひとつへだてたところに、こっちへ背を向けている。とにかく淋《さび》しいところだ。

私はその雑木林を迂回《うかい》して賀川の家の前へ出たが、そのとたん、どきっとして立ち止まった。賀川の家の門の前に、だれか立って妙にうそうそとした格好でなかをのぞいている。私がいそぎあしで近づいていくと、相手も足音をききつけたのか、どきっとしたようにこちらを振り返った。

「どうしたのですか、この家に何か御用なのですか」

私がとがめるように訊《たず》ねると、

「いや、用というわけじゃありませんが、なんだか妙な物音がしたものだから……私は向こうに住んでいる浅野というものですが、さっき変な物音……それになんだかどなるような声がきこえたので、びっくりしてとび出して来たんです」

そういえばその人は、寝床から跳び出して来たらしく、寝間着の上に二重まわしをひっかけていた。私はにわかに胸騒ぎが大きくなった。

「妙な物音……」

「ええ、そう、それに女の叫びごえが……」

私はいよいよ驚いた。

「とにかく中へ入ってみましょう。いや、ぼくは怪しいものじゃありません。実はこの家へ用事があってやって来たんです」

「ああ、お知り合いですか」

浅野氏はやっと安心したらしかった。

門の鉄格子はなかから閂《かんぬき》がはまって錠がおりていたが、郊外住宅によくあるように、かたちばかりの低いものであったから、乗り越えるのになんの造作もなかった。玄関の戸もしっかりしまっていたので、私たちはしばらくベルを押してみたが、なかからはなんの応答もなかった。

勝手口へまわってみると戸がはんぶんあいている。持ってきた懐中電燈でしらべてみると、あきらかにこじあけたあとがあった。

「とにかく中へ入ってみましょう」

「大丈夫ですか」

「大丈夫です。知らないなかじゃなし……」

なかはまっくらであった。私たちは懐中電燈の光をたよりに、一間一間のぞいていった。この家は二階建てだが、階下は四間あって、玄関のすぐ右側の部屋だけが洋間になっている。どの部屋にも異常はないので、私たちは最後に洋間のドアをひらいたが、そのとたん、思わずそこに立ちすくんだのである。床の上に、男がひとり倒れている。

「あっ、ちょっと……どこかに電気のスイッチはありませんか」

浅野氏がスイッチをひねると、パッと室内が明るくなったが、そこで私たちは、また大きく息をはずませた。床の上に倒れているその男は、猿股《さるまた》ひとつの赤裸なのである。私にはそれがなんともいえぬほど異様で、そしてまたこっけいなものにかんじられた。

その男はうつぶせに倒れていた。後頭部におそろしい傷があって、そこから噴出した血が、耳から頰をつたって、床の上に無気味な血だまりをつくっている。床の上にはそのほかにも、べたべたと血をなすったような痕《あと》がついている。そしてそのあたりいちめんに、石膏《せっこう》像の破片らしいものが散乱している。

私たちはしばらくぼうぜんとしてそこに突っ立っていたが、浅野氏がまず気を取り直した。爪先立ちで死体のそばへ近寄ると、そっと顔をのぞいてみて、

「賀川さんですね」

と、ささやいた。私もあとからのぞいてみて、無言のままうなずいた。うつむけになった賀川の顔は、鼻がひしゃげてなんともいえぬへんてこな形相《ぎょうそう》をしていた。

「死んでいるんでしょうね」

「むろんそうでしょう。御覧なさい、この傷……これは一度なぐっただけじゃない。何度も何度もなぐったものですね。兇器《きょうき》は何か重たいもの、いわゆる鈍器というやつですね。調べてみるまでもないと思いますが……」

と、浅野氏は死体の手をとってみて、

「とてもだめですね。お巡りさんが来るまであまり触らないほうがいいでしょう」

相手の態度があまり落ち着いているので、私は思わず顔を見直した。すると浅野氏も私の心を察したのか、

「私は医者なんですよ。こういう場面に出くわしたことも、まんざらないではありません。ときに奥さんはどうしたんでしょう」

私もさっきからそのことが気になっていたのである。

「どこかで殺されているんじゃ……」

「捜してみましょう」

その部屋はかなりひろくて、椅子だのテーブルだのソファだのが、ごたごたとあった。いずれもかなりぜいたくなもので、さっき加奈子が貧乏は大きらいよと言ったことばが思い出された。部屋のすみには押し入れみたいにひっこんだところがあって、その前に真紅《まっか》なカーテンがおもたげに垂れていた。しかし加奈子のすがたはどこにも見えない。

「二階じゃありませんか」

果たして加奈子は二階に倒れていた。

そこは夫婦の寝室になっているらしく、寝床が二つ敷いてあったが、加奈子はそのひとつの上に、くずれた花のように倒れていた。

彼女は真紅な長襦袢《ながじゅばん》に派手な伊達《だて》巻きをしめていたが、その伊達巻きはあらわに解《ほど》けて、

悩ましいといえば悩ましい、無残といえば無残な、なんともいえぬあからさまな格好だった。浅野氏もさすがに顔をそむけたが、すぐ気を取り直して加奈子のそばにひざまずいた。

加奈子は首をしめられたのである。白い咽喉《のど》のあたりに大きな拇指《おやゆび》のあとが二つと、頸《くび》筋《すじ》にふかく爪のあとが、無残な紫色になってのこっていた。

「だめですか。もういけませんか」

私はなんだか掌中の玉をとられたような感じだった。ところがそのとたん、浅野氏はしっと私を制すると、あわてて加奈子の胸に耳を押しあててしばらくじっと聴いていたが、

「あ、ちょっとすみませんが、私の家へいって……いや、私がいって来ましょう」

「ど、どうしたのですか。助かる見込みがあるんですか」

「大丈夫、助かります。私はちょっとかばんをとって来ますから……」

浅野氏は急いで加奈子のそばから立ち上がったが、そのときなのである。あの足音がきこえてきたのは……。

コツコツコツ――コツコツコツ――

私たちはぎょっとして顔を見合わせたが、すぐ浅野氏ががらりと表の雨戸をひらいた。

「あ、あそこへ行く」

見ればなるほど、すぐ目の下の道を義足の男が走っていく。その姿はすぐ向こうの雑木林のかげにかくれた。

「あの男だ！」

私たちは大急ぎで階段を駆けおりたが、見るとさっきしまっていた玄関のドアが、あけっぱなしになっている。

「しまった！　それじゃあいつ、私たちがここへ入って来たとき、まだこの家にいたんだね」

私たちははだしのまま外へとび出した。正面の鉄扉には門がおりたままになっていたが、横の枝折戸《しおりど》はひらいている。そこから表へとび出して、雑木林の角を曲がると、

「あなた、あなた」

と、角の家から怯《おび》えたように呼ぶ女のこえがきこえた。見ると垣根のすぐうちがわにある洋館の窓から、女が顔を出していた。

「おお、妙子、いまここを義足の男が……」

浅野氏が訊ねると、女は息をはずませて、

「ええ、通ってよ。あなた、何かあったんですの。あの人の外套《がいとう》、血がいっぱい付いていたわ」

私たちはしばらくその辺を捜してみたが、結局、義足の男を発見することはできなかったのである。

五

加奈子は危うくいのちをとりとめた。そして彼女が助かったために、その夜の出来事もわかったのだが、それはだいたいこうであった。

賀川はその晩八時過ぎにかえって来た。そして八時半ごろ夫婦は寝床に入ったのだが、すると間もなく階下にあたって変な物音がした。そこで賀川は様子を見におりていったが、すぐに何かはげしくののしりあうような声がきこえ、それにつづいて物の砕ける音や、悲鳴や、乱打するような音がきこえた。加奈子ははっとして階段の上まで出てみたが、足がふるえてとても階下へおりてみる勇気はなかった。するとだれかゴトゴトと階段をあがって来る気配がした。暗くて姿は見えなかったけれど、その足音をきいて加奈子ははっとわれにかえったのである。

義足の足音——淳吉なのだ！

そう気がついたとたん、彼女は階下で何事が起こったのかはっきりわかるような気がした。彼女は夢中になって寝室へとびこむと雨戸をひらこうとした。雨戸をひらいて助けを求めるつもりだったのである。だが、そのときうしろから跳びついて来たものが、彼女を寝床の上に押し倒すと馬乗りになってぐいぐいと咽喉をしめつけてきた……。

「そのあいだに、あたし一度叫んだように思いますけれど、よく覚えてはおりません。間もなく気が遠くなってしまって……」

と、いうのが係官の取調べに際して、加奈子の申し立てたところらしい。それに対して係官はつぎのように訊ねたそうである。

「そのときあなたは、相手のすがたを見なかったのですね」

「ええ、それが……何しろ暗がりのことでしたから……でも、あの義足の音……あれはたしかに亀井にちがいありません」

「なるほど、すると前の御主人が……そして、その人は義眼で義足だというんですね」

「ええ、そう、そのことは御近所の方に訊《き》いていただいてもわかると思いますわ。もうずっとせんから、毎晩のように家のまわりをうろついて……」

加奈子のこの陳述を裏書きする人物はいくらもあった。私もむろんその一人だが、いちばん有力な証人は、浅野氏の奥さんの妙子さんである。

「ええ、あの義足の人には、あたしたちずいぶん前から気がついていました。いいえ、あたしたちばかりではなく御近所の方もみなさんご存じでしたわ。はじめのうち、どういう目的があって、この辺をうろついているのかわからないので、みんな怖がっていたのですが、そのうちに、あの人の覘《うかが》ってるのが、賀川さんのお宅であることがわかったので、いくらか安心しましたが……でも、気味の悪いことはやっぱり同じでした。夜おそく、あのコッコッという義足の音をきくと、あたし怖くて怖くて……ええ、昨夜もあたしその足音をきいたんです。あれはたしか、九時少し前のことだったでしょうか。主人はもう寝床へ入っていましたが、あたしは表の洋間で編物をしていたんです。するとあのコッコッという義足の音がきこえるので、ゾッとしながら、それでも怖いもの見たさで、そっとガラス戸をひらいてみますと、義足の男が生けがきの外をとおるのが見えました。ええ、賀川さんのほうへいったのです。ところがそれからしばらくして、賀川さんのほうであの騒ぎで……」

「それからもう一度、あなたはその男を見られたわけですね」

係官はかさねて訊ねた。

「ええ、そう、主人が駆け付けてから間もなくのことでした。あたし気になるものですから、洋間の窓から外を見ながら主人のかえりを待っていたんです。すると賀川さんのほうからコッコッと義足の音が、それも走るように近づいて来ます。あたしもぎょっとしましたが、向こうもあたしがのぞいているので驚いたらしく、ちょっとためらっているふうでしたが、ひきかえすわけにはいかなかったのでしょう。義足の男が顔をそむけて、生けがきの外を走りすぎていったのですが、そのときふと見ると外套にいっぱい血がついて……」

さて、こうなると亀井が犯人であることは疑う余地もなく、警察では全力をあげて行方を捜査していたが、不思議なことに二日たっても三日たっても、亀井の行方はわからなかった。義眼で義足と、そういう特徴のある風貌からして、すぐにもつかまるだろうと思われていたにもかかわらず亀井の行方は杳《よう》としてわからなかったのである。

それはさておき、この事件のおかげで、私は加奈子と接触する機会が急に大きくなってきた。前にもいったとおり、加奈子も賀川も親戚《しんせき》中から爪はじきされていたので、こんな事件があったのちも、だれ一人よりつかなかった。そこへもってきて加奈子はあの夜受けた傷手《いたで》のために、すっかり弱りこんでいるのだ。

そういうわけだから、賀川の死体の始末はおろか、彼女は自分自身の身じまいにさえ困らなければならなかった。三度三度の食事の支度にさえ差し支《つか》えた。といって人を雇うこともできなかった。こんな時代に、しかもそういう恐ろしい事件のあった家へ、だれが雇われてこよう。そこで私が乗り出したのである。

私はまず、解剖のために警官がひきとっていった、賀川の死体が下げわたされると、加奈子にかわってお葬いをしてやった。そして加奈子が動けなくて寝ている間じゅう、食事の世話からその他万端の面倒を見てやった。

さいわい加奈子の傷はその後順調に回復していったが、心にうけた傷手は容易にいやしうべくもなかったとみえて、彼女はしばしばはげしいヒステリーにおそわれた。

ところがそういうある日のことである。加奈子のうちからの帰途、私はほんの気まぐれから、浅野氏の家の前を通りすぎ、麦畑のなかのみちを通った。そこはあの晩、義足の男が逃げていったと思われている道である。麦畑がつきると、そこにちらほらと家が建ちならんでいるが、そのとっつきに大きな穴が掘ってある。それはそこらの家から流れ出る下水をためるところになっていて、いつも汚水のなかにうずたかくゴミが盛りあがっている。ところがその穴のほとりまで来たときである。私はぎょっとして足をとめた。

穴のなかに男が立って、しきりにゴミの中をあさっている。その男はお粗末なお釜帽《かまぼう》をかぶり、よれよれの袷《あわせ》を着て、折目のたるんだ袴《はかま》をはいている。その袴を膝《ひざ》の上までまくりあげて、汚水のなかに立っているのである。

相手も私の足音をきいたのか、のっそりと顔をあげ、しばらくまごまごと私の顔を見つめていたが、急に人なつっこい微笑をうかべた。

「もしまちがっていたらごめんください。あなたはもしや探偵小説家の八代竜介さんじゃありませんか」

私はびっくりして相手のかおを見直した。

「ええ、そう、私は八代ですが、あなたは……」

「ぼくですか。ぼくは金田《きんだ》一耕助《いちこうすけ》というものですがね。これからお宅へお伺いしようと思っていたところなんです」

「私のところへ……？　どういう御用で？」

「賀川さんのあの事件ですがね。ある方面——つまり亀井の一家から、もう一度あの事件を調査してみてくれないかという依頼があったものだから……」

私はおどろいて相手の顔を見直した。

「へへえ、それであなたは、こんなところで何をしているんです」

「なに、いま妙なものが目についたから、ちょっと調べてみる気になったんですよ。ほら、これ、……あなた、これに見覚えはありませんか」

そう言いながら、金田一耕助という男が、ひょいと下から投げ出した代物を見て、私は思わず息をのんだ。泥まみれになっていたけれど、それは明らかに、義足の男がついていた杖《つえ》ではないか。樫《かし》の棒ほどもある太いステッキだったが、見ると泥の下にべっとりと黒いしみがついている。

「これは……」

「は、は、は、やっぱりそうですか。しかし、驚くのはまだ早いですよ。もっともっと驚くべき代物がここにある。ほら……」

金田一耕助がまたもや下から投げあげた、泥まみれの代物を見たとき、私はいよいよ驚いた。

それは一見長靴のように見えたが長靴ではなかった。ふつうの短靴の底に八つ割りのように木を打ちつけ、そして靴の上にゲートルのようなものがついていた。しかしそのゲートルは布ではなく、薄い板でつくってあるのだった。

私も探偵作家である。ひとめ見て、それがなんのために作られたものであるかわかった。偽の義足なのだ。

そう気がついたとたん、私はシーンと血の凍るような恐怖をおぼえたことである。

六

金田一耕助という男は、魔法使いみたいなやつだ。この男が顔を出したとたんに、局面が一変したのだからえらいものである。もっともその事についてかれはこう謙遜《けんそん》している。

「あの義足とステッキを発見したこと。――あれは別にぼくの手柄というほどのものじゃありません。はじめからあそこにあんなものがあるだろうと思って捜したわけじゃないのですからね。ぼくはただ、犯人の逃げていったあしどりを、もう一度たどってみようと、あの道を歩いていたのです。するとあの汚水だめが目に入った。逃げていく犯人が、何かものを捨てていったとすれば、あの下水だめこそ究竟《くっきょう》の場所ですから、ちょっと捜してみる気になったまでのことで、まさかあんな重大な証拠を捜しあてようとは思っていませんでしたよ」

だが、動機はなににもあれ、あの贋造《がんぞう》義足とステッキこそ、危うく迷宮入りをしそうだったこの事件の謎を解く、重大なかぎとなったのだから、やはりかれの手柄をいなむわけにはいかないだろう。

それはさておき、発見した義足とステッキを交番へとどけて保管を頼んでおくと、金田一耕助はその足で私の宿へやって来た。この男は風采《ふうさい》こそあがらないが、話しているとなかなか魅力のある人物で、知らず識《し》らずのうちに相手を惹《ひ》きつけるところを持っている。

「なるほど、なるほど、するとあなたは三べん義足の男を見ているわけですな。まずいちばんはじめが、賀川の奥さんにはじめてあって送っていかれた晩……それはいつのことですか。はっきりとした日付けは分かりませんか」

日記を見るとその日付けはすぐわかった。それは四月五日のことであった。

「なるほど、すると事件の起こるちょうど一週間前のことですな。ところであなたは、あの事件の起こった日、つまり十二日の夕方に、もう一度義足の男を見られた。そのときあなたははっきり相手の顔を見たんですか」

私はぎょっとして、相手の顔を見直した。

「相手の顔を……？　いや、はっきり見たというわけじゃありません。私が玄関からとび出したとき、あいつは半丁ほどさきの曲がり角に立っていたんだから……それに夕方のことでかなり濃い靄《もや》がおりていましたからね。しかし、金田一さん、それはどういう意味ですか。ひょっとするとあれは亀井という男じゃなかったと……」

耕助はかすかにうなずいて、

「あなたがはっきり顔を見られなかったとすると、そういう可能性も出てくるわけです。黒眼鏡に義足……それだけですぐにこの間のやつだと思いこまれたんでしょう。ただコッコツという義足の足音だけで、亀井だときめてしまわれたのでしょう」

「しかし、しかし……あっ、そうだ、それじゃ加奈子さんはなぜあのように恐れていたんです。あのひとは私なんかとちがって、亀井の顔かたちをよく知ってるはずじゃありませんか」

「いや、それだって同じことですよ。帽子をまぶかにかぶって外套《がいとう》の襟を立て、それからあの黒眼鏡……何しろ黒眼鏡というやつがくせ者ですよ。そこへもってきて特徴のある義足……そういう風体を見たら、だれだってすぐあの男だ！　と、こう思いこむのはあたりまえですからね」

「しかし……じゃ、あの男はいったいだれだったというんです。いや、それよりもほんとうの亀井という人物はどうしたんです」

「それはまだわかりません。わからないからこそ、これから調べていこうというんですよ。ときに十二日の夕刻、賀川の正妻の梅子という女が訪ねて来たそうですね。ひとつそのときの状況を、もっと詳しく話してくれませんか」

梅子の訪問は非常に印象的だったから、あのときの応答はほとんど一言一句もあまさず、脳裡《のうり》に刻みつけられている。それをそのまま話してやると金田一耕助もだんだん興奮してきたらしく、がりがりともじゃもじゃ頭をかきまわしながら、

「なるほど、なるほど……すると途中から急に態度がかわって……ひどく動揺したらしいというんですな、なるほど、なるほど……」

と、しばらく黙ってかんがえていたが、

「ときにあなたは、梅子というのがどういう女だかご存じですか。あれはね、関西では相当有名な女なんですよ。女学校かなんか経営していましてね、つまり女流教育家なんです。賀川とのあいだには子供がふたりあって、一人は商業学校、一人は女学校へいってるそうです。だから、今度の事件はあの一家にとっては大打撃なんですよ。いままでひたかくしにかくしていた亭主の不始末が、すっかり明るみへ出たわけですからね」

なるほど、そういえばあの女のいやに権柄《けんぺい》ずくな態度や口のきき方も、はじめて納得できるような気がする。

「いや、ありがとうございました。それでまあ、大体のことはわかりましたが……ときに、ぼくは、これから賀川さんのところへお伺いしようと思うんですがね。加奈子さんというひとにあってききたいことがあるんです。しかし、あまりだしぬけじゃ、相手も驚くだろうし、どうでしょう、あなたもいっしょにいってくれませんか」

それは私も望むところだった。加奈子ひとりでこの男にあわせるのは、なんとなく不安

だったし、またこの男が加奈子から、どのような新事実をひき出しうるか、それを見るのも一興だった。

しかし、加奈子も結局これという新事実を提供することはできなかった。むしろ反対に、十二日の夕方彼女をつけて来た男が、亀井ではなかったかも知れぬという疑問や、さてはまた、犯人そのものからして、亀井以外の人物ではないかというようなことを、金田一耕助からきかされたときの彼女の驚きようといったらなかった。一瞬、彼女はうちのめされたように真っ青になった。

「まあ、そんな……そんな……恐ろしいこと……じゃ、あれはだれだったんですの。いいえ、いいえ、そういえばあたし、あの夕方、義足の男の顔をはっきり見たわけじゃございません。それに……それに……あの晩だって、まっくらな中で咽喉《のど》をしめられて……ええ、だから、そういうふうに疑えば、疑えないことはありません。でも……でも……亀井以外にだれがあんな恐ろしいことを……ええ、そりゃあたし、どうせこんな女ですから、ひとさまに恨まれるようなこともあるかも知れません。しかし……しかし、あんな恐ろしいことをされるほど、深い恨みを受けるとは思えませんわ。亀井のほかに、そんなにあたしたちを憎んでるひとがあるとは思えませんわ」

「奥さん、そうでしょうか。亀井君のほかにあなたがたを、そんなに深く憎んでるひとはないというのはほんとうでしょうか」

「まあ……それじゃ……それじゃ、そういうひとがあるというんですの、だれです、だれです、そのひとは……」

「たとえば賀川さんのほんとうの奥さんの梅子女史などいかがですか」

加奈子ははじかれたようにからだをうしろへひいた。そして大きく息をはずませながら、

「まあ！　それじゃあのひとが……いいえ、いいえ……、そんな、そんな、恐ろしいこと……ええ、そりゃ、あのひとあたしたちを憎んでます。亀井よりももっともっと、あたしを憎んでます。しかし、しかし……女の身で、あんな恐ろしいことが……」

「しかしあのひとは女とはいえ、ぼくなどよりも、よっぽどがっちりした体格をしていますよ。それに、ずいぶん意志の強そうな女じゃありませんか」

「いや、いや！　そんな恐ろしいこと、そんな……そんな……」

加奈子はやけつくような目をして耕助の顔を見つめている。

「いや、ぼくもあのひとが犯人だとはっきり断言しているわけじゃありませんよ。ただ、あのひとでも義足の身代わりになりうるということを、指摘したまでなんです。ところで奥さん、もうひとつお訊《たず》ねしたいことがあるんですがねえ」

「はあ……」

「賀川さんのことですがね。賀川さんは殺されたとき、猿股《さるまた》ひとつの裸でしたね。あれはどういうわけですか」

「まあ、そのことなら警察のかたにもお話しいたしましたが、賀川は裸で寝るのがくせなんです。そのほうがかえって温いといって……」

「しかし、それにすると妙ですよ。ほら、ここに現場写真があります。これ奥さんが人事不省になっていられた間に、警察のものが撮影した二階の寝室の写真ですがね」

金田一耕助のとり出した写真を見ると、加奈子はふっと顔をあからめた。無理もない。そこには加奈子のあからさまな姿態が、残酷なほどなまなましく写し出されているのだ。

加奈子は消え入りそうな風情で、

「はあ、そしてこの写真が……？」

「おわかりになりませんか。この写真の右に敷いてあるのが御主人の寝床ですね。ところがその寝床の上にはきちんと折りたたんだ寝間着が出てるじゃありませんか。年中裸で寝る御主人の習慣を承知していながら、あなたはこうして寝間着を出しておかれるのですか？」

加奈子ははっとしたように顔をあげた。そして穴のあくほど耕助の顔を見つめていたがやがてしだいにうなだれていく彼女の顔は、火がついたように真っ赤になっていた。

「ひどいわ。残酷だわ。……夫婦のそんな……寝室のことをお訊ねなさるなんて、あたし、ほんとのことはとても言えなかったから、あんなふうにわざとうそをついたんですわ。……そこは察していただけると思って……」

「あ、ああ、そ、そ、そうですか。いや、こ、これは失礼いたしました。いや、いいです、いいです。ぼ、ぼくが悪かったです」

何がいいのか悪いのか、金田一耕助はめったやたらともじゃもじゃ頭をかきまわしていたが、ふいにぴょこんと立ち上がると、

「どうも失礼いたしました。ではこれくらいで……ああ、そうそう、ついでに現場をちょっと見せてくれませんか」

「さあ、どうぞ……」

金田一耕助は応接間へ入ると、すぐすみに垂れている重いカーテンに眼をつけた。

「ああ、なるほどあのカーテンのかげに犯人はかくれていたということになっているんですね」

「あのカーテンのかげに……?」

私は驚いて耕助の顔を見直した。加奈子もびっくりしたように目をみはる。

「ええ、そう、あなたがたはそれをご存じなかったんですか。だから、警察の秘密主義はいやになる。ほら、御覧なさい、このカーテン……」

このカーテンの裏側が、押し入れみたいなくぼみになっていることは、前にも言っておいたはずである。耕助はそこへわれわれを案内すると、裏側からカーテンを指さしたが見るとそのカーテンの、ちょうど乳の高さあたりにもみくちゃになった跡があった。

「つまりですね、犯人はかたずをのんでここで待っていた。その際、思わずこのカーテンを握りしめたというわけですね。そこへ賀川さんが入って来られた。そこで、あの惨劇が起こったのだろう……と、これが警察の見解ですがね。いやどうもありがとうございました。それではまた」

訊《き》くだけのことは訊き、しゃべるだけのことをしゃべってしまうと、金田一耕助はひょうひょうとしてかえっていったのである。

七

さて。――一時停頓状態になっていたこの事件も、金田一耕助の登場以来、俄然《がぜん》、活発にうごき出した。その最初のあらわれとして、私たちはかわるがわる、しきりに警察へ呼び出された。とりわけ加奈子はもっとも重大な証人だけあって、呼び出しもまた頻繁《ひんぱん》であった。

呼び出しが頻繁になるにつれて、加奈子はしだいに平静をうしなっていく。そして、何度目かの呼び出しの際、夜おそくかえって来た彼女の顔色は、それこそ死人のように真っ青だった。

「加奈子さん、ど、どうしたんです。警察で何かあったのかい」

「梅子さんが……梅子さんが毒をのんだんですって……」

「毒……？」

「ええ、そう……、梅子さん大阪へかえっていたんですけれど、今度また東京へ呼びよせられたんです。ところが警察へいったとたん、かくしていた毒をのんで……」

それだけ言うとくずれるように加奈子は長火鉢の前に座った。

「毒をのんだ……？　そ、そして死んでしまったのかい」

「どうだか知りません。すぐ見付かって、無理矢理に吐かされたらしいんだけれど、かなり重態だという話ですわ」

「すると、やっぱりあの女が犯人なんだね」

「どうして？」

「どうしてって、自殺が何よりの証拠じゃないか。罪のないものなら、何もそんな……」

「いや、いやよ！　うそよ、うそよ、そんなことうそだわ。あのひとが犯人だなんて、そんなことまちがいだわ」

私は驚いて加奈子の顔を見直した。

「妙だね、君は……君はあの女を憎んでいるんだろう。あの女が君を憎んでると同じように君もあの女を憎んでるんだろう。それだのにどうしてあの女をそんなにかばうんだろう」

「だって、だって、あんまり怖いことなんですもの。女にあんな恐ろしいことできるなんて……」

「ふふん。いやにまた殊勝なことをおっしゃったね。警察でもそんなふうに申し立てたのかい」

「ええ、そう、……そう言ったわ。警察ではあの人に罪をきせたがってるのよ、きっと。……だって、あたしを絞め殺そうとしたの、男だったか、それとも女ではなかったかなんて、そんなことときくんですもの」

「で、君はなんとこたえたの」

「そんなことわからないわ。まっくらだったし、それにこっちは怯《おび》えきっていたんですもの……でも、まさか女の身であんな恐ろしいこと。……それにあの強い力……あなただって、あたしの咽喉に残っていたあの指の跡を見たでしょう。あんなことが女にできると思って？」

「ふうん、そりゃわからないね。梅子という女なら、あるいはできないこともあるまい」

「いやよ、いやよ、あなたまでそんなこと言って……それじゃあのひとがかわいそうだわ。でもねえ。あのひと、いろいろ不利なことがあるらしいのよ。アリバイというの？　人殺しのあった時間に、どこにいたかはっきり言えないらしいの。それにあの日の夕方、このへんにいたことは、あなたの話によってもわかっているわね。だから……」

加奈子はがっくりと長火鉢の猫板《ねこいた》の上に顔を伏せたがすぐまた、青い顔をあげると、

「だけど、それだとすると……もし梅子さんが犯人だとすると、亀井はどうしたの。あのひとはいったいどこにかくれているの」

そのときなのである。加奈子のことばが合図でもあったかのように、私たちはきいたのだ。あの音を……不気味な義足の、ひきずるような足音を……

コツコツコツコツ――コツコツコツコツ――

「きゃッ」

文字どおり加奈子ははじかれたようにうしろにのけぞった。

コツコツコツコツ――コツコツコツコツ――

足音は家の前をとおっていく。私は畳をけって立ち上がったが、そのとたん、加奈子が私の脚にむしゃぶりついてきた。

「いっちゃいや、いっちゃいや」

「放しなさい、放しなさい。ぐずぐずしてると逃げてしまう」

「いいえ、いいえ、いっちゃいや」

「放せ、放せったら放しなさい」

だが彼女はいよいよしつこく私のからだにからみついてくる。それはまるで、なよなよとしていながら強靭《きょうじん》な力をもっている蔓草《つるくさ》のようであった。私は二、三歩彼女のからだを

引きずって歩いたが、そこで思わずしりもちをついてしまった。耳をすますと、もうあの足音はきこえない。

「加奈子さん！　君は……君はなぜとめるんだ。君はひょっとすると、あの男と連絡があって……あの男を逃がしたかったから……」

「うそよ、うそよ、そんなことうそよ！　ああ、あなた、なぜそんな目であたしを見るの。いや、いや、その目付きを見るとあたしぞっとする。あたしを抱いて……あたしを抱いて……そしてどこかへあたしをつれてって……あたしもうこんな恐ろしい家に住んでるのいや、あたしをどこかへ……あれえッ！」

彼女はまたはじかれたようにうしろにのけぞった。またきこえてきたのである。あの足音が……コツコツという義足の音が……しかも今度は雑木林をこえた裏側からだった。私は加奈子のからだを突きのけると、いきなりがらりと裏の障子をひらいた。そして見たのだ。月の光に義足の男が立っているのを……

それは雑木林のすぐ向こうの、掘りくりかえされた防空壕《ごう》のあるあたりだった。眼鏡をかけた義足の男が、太い杖《つえ》によりかかって、しょんぼりと立っている。ところが不思議なことには、そこに立っているのは義足の男ひとりではなかった。そのほかにも、洋服を着た男が、ひとり二人三人……妙に陰気な格好で、しょんぼりと月の光のなかに立っている。

私はなぜか肌に粟《あわ》を生ずるのを覚えたが、そのとたん、かすかな呻《うめ》きごえがきこえたので、驚いてふりかえってみると、加奈子が真っ青な顔をして、歯をくいしばって倒れていた……。

私が危うく殺されそこなったのはそのつぎの日である。

八

翌日私はよんどころない用事があって、銀座裏のさる出版社へ出かけた。よんどころない用事というのは金のことで、嚢中《のうちゅう》乏しくなった私は、印税の前借りにいったのである。幸い出版社では私の切り出しただけの金額を快く貸してくれた。それに気をよくした私は、久しぶりになじみの酒場へ立ちよった。

空腹にのんだ酒は、私のからだにしみわたった。あまり強くない私はすぐ酔ってしまった。ところがそのときである。隣の男の読んでいる夕刊の見出しが、ふと私の目をとらえた。

——女流教育家の服毒自殺。

——良人《おっと》殺しの犯人か

私はすぐに酒場をとび出すと、街頭に立っている新聞売り子から夕刊を四、五枚買って、歩きながら読んだ。それによると、梅子は手当てのかいもなくついに死亡したらしい。しかも彼女は死ぬ前に、一言も語らなかったから、秘密は永久に閉ざされたようなものだが、自殺とはよくよくのことだから、賀川達哉殺しの犯人は、おそらく彼女にちがいあるまい。――と、大体そういう記事であった。

私はそれを読むと、ほっとしたような、と同時に、何かしら妙に物足りないような気持ちで、それでもすぐに吉祥寺へかえろうと電車にのった。

ひけ時分のこととて電車は満員であった。いや、満員というよりもこぼれそうであった。私は辛うじてデッキに乗りこむと、鉄のハンドルにぶらさがった。いったい私はかなり用心ぶかいほうだから、いままでこんな危ない芸当を演じたことはない。デッキに乗ってい るというよりも、辛うじて爪先がかかっているだけなのだ。手をはなせばむろん仰向けにまっさかさまだ。おそらくさっきのんだ酒の酔いが、私にこんな危ない芸当を演じさせたのだろう。

電車は神田《かんだ》を出て、間もなく高いガードの上にさしかかった。と、そのときだ。ハンドルを握っている私の右手を鋭く突きさすものがあった。それと同時にだれかの重みがぐうんと私の上にのしかかってきた。

「あっ、いたッ、だれだ、気をつけろ！」

はじめのうち私は、折かばんの金具かなんかが当たるのだろうと思っていたが、すぐそうでないことに気がついた。だれかが故意に、私の手をつついているのだ。私はふいに、ゾーッとするような恐ろしさにうたれた。

「だれだッ、おいッ、何をするのだ！」

私は頭をねじむけてそいつの顔を見ようとしたが、不自由なその姿勢では、半分も首をまわすことはできなかった。

チクー、チクー、チク、――手の甲を突きさす錐《きり》のような痛みはますますはげしくなってくる。私の上にのしかかってくる重みは、いよいよ圧力をましてきた。

わッー、たすけてえ、人殺しだあ……

電車がいよいよガードの上にさしかかった。と、そのとたん、グサッとなにかが私の手の甲をついた。

わッー！

私は思わず手をはなした。世界がくるくると宙に躍ったかと思うと、つぎの瞬間、はげしい衝撃を全身にかんじてそのまま私はまっくらな昏迷《こんめい》のなかへ落ちていった。……

九

……それからどのくらい時間がたったのか、ぽっかりと眼をひらくと、私は真っ白な病院の一室にねかされていた。気がつくと同時に、全身にはげしい痛みをかんじたので、思

わず呻《うめ》きごえをあげると、

「ああ、気がおつきになったようだわ」

と、わかい女の声がして、看護婦らしい女が上からのぞきこんだが、そのときもうひとつ彼女の背後からのぞいている、見覚えのある顔を見いだして、私は思わず目をみはった。

「あっ、君は……」

「やあ、やっと気がつきましたね。昏睡があまり長いものだから、だいぶ気をもみましたよ。しかし、もう大丈夫、何も心配することはありませんよ」

それは金田一耕助だった。例によってもじゃもじゃ頭をかきまわしながら、人なつっこい目でにこにこ笑っている。

「ここはいったいどこです。そして、君はどうして、ここにいるんです」

「ここは神田の病院ですよ。ぼくがどうしてここにいるというんですか。実はね、あなたと同じ電車に乗っていたんですよ。と、いうよりはあなたを尾行していたといったほうがいいかな、はははは、まあ、怒らないでください。それにしてもあなたは運がいい。ガード下へはねとばされていたら、むろん命はなかったんだが、うまく線路のはしにひっかかったもんだから、骨折一つしていないんですよ」

「それじゃ……君が……ここへ運びこんでくれたんですか」

金田一耕助はにこにこしながらうなずいた。

「そして、私はどのくらい気を失っていたんです」

「ちょうど十六時間……いまは四月二十一日の午前十時ですよ」

私は目をつむってかんがえる。あの墜落の刹那《せつな》の恐怖が、走馬燈のようにくるくると脳《のう》裡《り》によみがえってきたが、それと同時に、急に右の手の甲にはげしい痛みをおぼえたので、はっとして毛布の下から出してみた。そこには真っ白な包帯が血ににじんでふくれあがっている。

金田一耕助はだまって私の様子をながめていたが、やがて慰めるように、

「まあ、当分、何もかんがえないほうがいいですよ。ところでねえ、八代さん、ぼくはあなたにあやまらなければならんことがあるんですが……」

私がだまって顔を見ていると、耕助はふところから新聞を出して私の目の前にひろげてみせた。

「ほら、この記事ですがねえ。ちょっとぼくがいたずらをしたんです」

耕助の指さすところを見て、私は思わず大きく目をみはった。

――探偵作家の惨死
――探偵作家八代竜介氏は昨夜六時ごろ、中央線神田お茶の水の間で電車より振り落とされて惨死をとげた。八代竜介氏は当年三十歳、探偵作家としては……

「おこっちゃいけませんよ。悪かったらあやまります。いや、悪いのにきまっているが、

しかし、ぼくがなぜこんないたずらをしたか、その理由はわかってくれるでしょう」

私たちはしばらく、探り合うように目を見合わしていたがやがて私はがっくりとして目を閉じた。また、けだるい昏睡がからだのすみずみへひろがっていく。……

「いや、お許しくだすってありがとう。それじゃきょうはこれで帰りますがね。あまり考えないほうがいいですよ。また来ます」

また来ます――と、いう約束どおり、それから後、金田一耕助は毎日のように見舞いにやって来た。そして私の容体が日一日とよくなっていくのを見て、心の底から喜んでいるように見えた。実際私の傷は、奇跡といってもいいほど軽かったから、四、五日もするともう起きて歩けるくらいになった。

「あんな場所で電車からふり落とされて、これくらい軽かったけが人は珍しい」

と、医者も陽気にわらっていた。こうして、もう二日もたてば退院してもよろしいという、医者の許可が出た日の夕方、例によって訪ねて来た金田一耕助は、看護婦を部屋から立ち去らせると、いつになくむずかしいかおをして私のほうへ向きなおった。

「八代さん、きょうは折り入ってあなたにお願いがあるんですがね」

「お願い……？」

「ええ、そう、あなたにお訊《たず》ねしたいことがあるんです。あのひとがどこにいるか心当たりはありませんか」

「そう、あなたを電車から突き落とした人物、——こういえばおわかりになるでしょう」

　私はギクッとして相手の顔を見直した。と、同時にかっと怒りが全身の血のなかを猛《たけ》り狂った。ああ、私がそれを知らないでなんとしよう。ああいう人の殺しかた、電車のなかから突き落として、それを過失死と見せかけるやりかたは私自身がそいつに教えてやったのではないか。私は右の手の甲に、怒りが集まってのたうちまわるのを感じる。そこには錐で突いたような跡が、無数に残っているのである。

「あのひと……」

「それじゃ……それじゃ……あいつは、家にいないのですか」

　金田一耕助はうなずいて、

「そう、これはぼくの大失敗でした。あいつを見張っていたんですが、あなたのことが気になってね、ここへ担ぎこんだりしているあいだに逃げられてしまったんです。あの夜以来、あいつはうちへ帰らないのですよ。それぎり行方をくらましてしまったんです。で、あなたにお訊ねするんですが、あいつの行方について、何か心当たりはありませんか」

　私ははじめてこの男が、私が惨死したように世間へ放送した理由をさとった。それは相手を安心させ、油断させるための方便だったのだ。

「いいえ、私、知りませんねえ。心当たりはありません。あれくらい利口なやつだから、私にかくれ家をさとられるような真似をするはずがないじゃありませんか」

金田一耕助は失望したようにうなずいた。

「しかし、金田一さん、あいつは……あの女は……加奈子は……いったい、この事件でどういう役割りを演じているんですか」

耕助はしばらくじっと私の顔を見つめていたが、やがて哀れむような微笑をうかべて、

「あなたにはお気の毒ですが、あの女は恐ろしい女でしたよ。殺人鬼……そう、文字どおり殺人鬼でしたね、何人もの男を殺しているんです。むろんあの女ひとりでやったんじゃなく賀川と共謀でやった仕事でしょうがね」

「殺人鬼……？」

私は大きく目をみはったが、それと同時に、脊柱《せきちゅう》をつらぬいて走る異様な戦慄《せんりつ》をおぼえた。

「話してください。それはいったいどういうわけなのです。あいつだれを殺したんです」

「ええ、お話ししましょう。これは世にもドス黒い犯罪ですがね、あなたも危うくあいつの毒牙《どくが》にかかりかけた方なんだから、詳細を知る権利がおありみたいなものです」

耕助はくらい顔をして、やがてこんなふうに話をすすめていった。

「そもそも、私があいつと賀川という男に目をつけたのは、亀井淳吉という男の手紙のことがあったからなんです。あなたが亀井にはじめて会ったのは、四月五日の夜のことでしたね。ええ、そう、そのときごらんになった義足の男は、たしかに亀井淳吉だったんです。

その時分には亀井はまだ生きていたんですからね。ええ、そう亀井は死んでいるだろう、いや殺されたのだろうと思われる根拠は十分あるんです。いや、ちょっと待ってください。あなたの疑問はわかっています。しかし、その説明はもっとあとでしましょう。さて亀井はその日か、その前日に大阪にいる梅子に手紙を書いているんです。この手紙によって梅子が上京して来たことは、あなたも梅子からきいて知ってるでしょう」

私はかすかにうなずいた。

「ところで、問題はその手紙ですがね。私も直接見たわけじゃありませんが、梅子がひとに語ったところによると、とても大変なことを発見したから、是非とも御相談したい、至急御上京を乞《こ》うというような文面だったらしいんです。そこで梅子は上京した。そして、亀井に会っているんですから、彼女もまた、亀井の発見したとても大変なことというのを聞いているにちがいない。それが今月の八日のことで、その晩亀井は外出したきり宿へかえって来ないんです」

私はまだはっきりとした理由は知らなかったが、それでもゾーッと身震いが出るのをおぼえた。金田一耕助はことばをついで、

「そこで梅子はしだいに不安になってきた。ことに亀井にきいたとても大変なことの一件があるから、もしやと思って吉祥寺へ様子を探りにきた。それが犯行のあった十二日の夕方のことですが、そこで彼女は偶然妙なことを発見したんです。加奈子が義足の男に追わ

れて、お宅へとびこむところを見たんです。それはいいが、その義足の男というのが、亀井淳吉ではなくて、良人の賀川であることに気がついたから、梅子は動転するほど驚いた」

「それじゃ、あのときの義足の男は賀川だったんですね」

「そうです、そうです。梅子はそれに気がついたから、一時はとても驚いたが、それでも念のためと思って、お宅へ様子を探りにいったんです。加奈子がそのことについて、どういうふうに言ってるかと思ったんですな。……ところが、あなたの話によると、加奈子はあれを亀井だと言っている。利口な梅子は、そこで一時に何もかもさとってしまった。つまり賀川と加奈子のふたりがぐるになってお芝居をやっているのだということ……と、いうことはつまり亀井はすでにこの世のものではない。しかし、亀井が突然消えてしまっては、自分たちに疑いがかかるから、亀井をまだ生きているもののように思わせよう、そしてその証人として、あなたという人間を選んだのだと……そういうことを梅子はとっさの間にさとってしまったのです」

私は思わず歯ぎしりをした。怒りがまた、勃然《ぼつぜん》として心の底からこみあげてきた。

「それがつまり、あなたとの応待の途中で、急に梅子が動揺しはじめた理由ですよ。それまでは、よもやよもやと思っていた疑いが、確定的になってきたからですね。そこでなおもたしかなことを知ろうと思って、梅子はその晩賀川の家へ忍びこんだ。裏木戸のこじあけてあったのは、たぶん梅子のしわざだったと思う。そして彼女は応接間のカーテンのうしろにかくれた。それからどんなことが起こったと思います」

私は無言のまま耕助の顔を見守っていた。耕助はかるく身ぶるいをすると、

「実は、これからさきは私の想像なんですが、だいたいまちがいないと思う。梅子がカーテンのうしろへかくれているところへ、何も知らずに加奈子が入ってきた。それからまた、しばらくして、義足をよそおうた賀川が、近所の奥さんに、義足の音をきかせておいてかえって来た。そして、加奈子を絞め殺そうとしたんです」

私が思わず眼をみはると、耕助は片手でそれをおさえるようなふうをしながら、

「いや、あなたの驚かれるのも無理はない。実際ここのところが、いちばんむつかしいところですが、結局こうとしか考えられないんです。加奈子の咽喉《のど》の傷は、とても、女の仕業とは思えぬという医者の話ですし、しかもお芝居や狂言では、あれほど強く絞めつけることはできない。実際、加奈子は絞殺される一歩手前だったという話でしたからね。だからあれは賀川がしめたのであり、そして、賀川はほんとうに、加奈子を殺すつもりであったとしか思えないんです。ここで考えられるのは、賀川が亀井の身代わりをつとめていた意味です。あれはむろん、亀井がその後も生きていることをあなたに宣伝する意味もあったのですが、もうひとつそれを利用して加奈子も殺してしまおう、つまり加奈子を殺して、その罪を亀井になすりつけようという意味もあったにちがいないんです」

「それを知らずに、加奈子も片棒かついでいたんですか。自分を殺す計画の……」

私は咽喉のおくで毒々しい笑いをあげた。どんなに毒々しく笑っても、この事件の毒々しさには及びもつかぬ気持ちだった。

「そうです、そうです。加奈子も利口な女だったが、さすがにそこまでは気がつかなかった。ええ賀川が加奈子を殺そうとした理由ですか。それはどうせああいう夫婦では、まぬがれがたい破綻《はたん》でしょうね。つまり一方が一方をいやになった。怖くなった。そこで相手からのがれたくなったというところでしょう。さて、こうしてあわや加奈子を殺そうとしたところへ、とび出して来たのがカーテンのかげにかくれていた梅子です。目の前に演じられている光景の、あまりの恐ろしさに梅子は思わずカーテンを握りしめたが、やがてたまらなくなってとび出して来たんでしょう」

「そして、賀川をなぐり殺したんですか」

耕助はゆっくり頭を左右にふると、

「そう、一応そうもかんがえられます。しかし賀川のあの傷を見ると、どうも梅子らしくありませんね。梅子も賀川を憎んでいたにちがいないが、ああ、めったやたらになぐりすえるほど、残酷な女じゃないと思う。あれはやはり加奈子でしょう。加奈子はあやうく締め殺されるところを、急に賀川の手がゆるんだ。賀川はふいに現われた梅子のすがたに、びっくりして手をはなしたにちがいない。そしてぼうぜんと立ちすくんでいるところを、加奈子がそこにあったステッキでうしろからなぐり倒したのでしょう。目がくらんでいるから梅子のすがたも気がつかない。怒りと憎しみで、むちゃくちゃになぐりすえたんでしょう」

「しかし、それじゃ、あの事件の直後、われわれの見た義足の男は……？」

「それは梅子です——とそう考えると、賀川があのときなぜ裸であったかわかるでしょう。梅子と——おそらく加奈子も手伝ったのでしょう。手早く賀川の衣類をはいで、それを梅子が着ていったんです。あの裸については、加奈子はいろんなきわどい説明をしていますが、それらがみんなうそであることは、あの二階の写真をひとめ見ればわかります。加奈子の話によると夫婦とも寝床へ入っていたら、階下で変な物音がしたので、賀川がおりていったということですがあの写真でみると、賀川の寝床も加奈子の寝床も、人が寝ていたようじゃない。いま敷かれたばかりのように、きちんと整頓されていましたからね。それになんぼなんだって階下で怪しい物音がしたというのに裸でおりていくやつはない。しかもすぐそばにちゃんと寝間着があるのにね。さあ、ここでもう一度、その夜の出来事を順序だてて考えてみましょう。まず梅子が忍びこんでカーテンのかげへかくれる。そのあとへ加奈子が入って来る。さらにそのあとから、亀井に化けた賀川がかえって来て、加奈子を殺そうとする。加奈子は危うくしめ殺されるところだったが、そこへ梅子がカーテンのかげからとび出した。賀川は驚いて加奈子の咽喉から手をはなすと、梅子のほうへ向き直る。加奈子はとっさにステッキを拾いあげ、めったやたらと賀川をなぐりすえぶち殺した。梅子はあまりの恐ろしさに、ぼうぜんとして手が出なかったのでしょう。そのとき加奈子にいま少し気力があったら、梅子もぶち殺していたかもしれない。しかし、そこで彼女は気力がつきてしまった。さて、一方虚脱状態だった梅子ははっと正気を取り戻すと、とっさに将来のことを考えた。加奈子を嫌疑者にしてはならぬ。どうしても、加奈子を救わねばならぬ。――そこはあのとおり利口で意志の強い女だから、とっさに嫌疑者をほかに作ろうと考えた。それには亀井こそ格好の人物です。そこで賀川の外套《がいとう》を脱がせ、それを自分が着たうえに、ズボンをはいて義足をつけた。しかし、そうすると外套の下に着ている賀川の洋服に、血がついていなければならぬはずなのがついていない。それでは外套を脱がせたことがわかるおそれがあるので、いっそ裸にしようということになったのでしょう。そしてその洋服も梅子が持っていったのでしょう。さてそうして用意万端ととのうと、そこで改めて、近所の注意をひくために、格闘の音をきかせ石膏《せっこう》像をぶちこわした。さっきの本物の格闘は、おそらく一切無言のうちに行なわれたのでしょう。どっちも脛《すね》に傷持つ身だから一言も声を立てなかったのでしょうね。そうしておいて加奈子は二階へあがり、悲鳴をあげておいて寝床の上に倒れた。このときにはさすがの加奈子も、心身ともに疲労しきっていたから、ほんとうに気を失って倒れたのでしょう。さて、そこへあなたと浅野という お医者さんが駆け付けて来る。梅子は危うく脱出する。そして浅野さんの奥さんに、わざと血だらけの外套と義足の格好を見せてとおりすぎると、それでもう用はないのだから、義足とステッキは下水だめへ投げすてて、血のついた外套や洋服は家へ持ってかえって始末をしてしまった。と、いうのが今度の事件の真相なんでしょう。ただ、ここに残念なのは、この事件の前奏曲となったはずの亀井の死体はいまだに発見されていないのですが、前後の事情からおしてやはり殺されたと見るのが至当でしょうね」

耕助は、そこでふっと口をつぐんだ。私もそれではじめて、今度の事件の恐ろしい真実に触れたような気持ちだったが、ただ、わからないのは梅子のとった行動である。梅子は加奈子を憎んでいる。心底から彼女を憎んでいる。それだのに、なぜそんな危険をおかしてまで、加奈子をかばわねばならなかったのか。私がそのことに触れると、金田一耕助は暗い顔をしてうなずいた。

「そうです、あなたのおっしゃるとおりです。しかし、そこにこの事件の恐ろしい、もうひとつの秘密があるんですよ。梅子のとった行動は直接には加奈子をかばうためであった。しかし梅子のそのときの真意は、加奈子なんかどうでもよく、それによって間接に、自分たち一家の名誉を救いたかったのです。もし加奈子がつかまって、警察でいろいろ訊問《じんもん》されているあいだに、賀川のあの恐ろしい余罪が暴露したら……梅子はそれを恐れたのです。そしてその暴露を防ぐためには、憎い女でも救わねばならなかったのです」

「賀川の恐ろしい余罪……？　それはつまり亀井を殺したことですか」

「それもありましょう。しかし、それよりももっともっと恐ろしいことなのです。八代さん、あなたはせんだっての晩賀川の家の茶の間から、裏の防空壕《ごう》のほとりに、男が四人立っているのを見たでしょう。あのなかのひとり、義足の男はかくいう私だったのですが、……」

私はまた大きく眼をみはった。金田一耕助はにこにこしながら、

「は、は、は、あれはいささかお茶番でしたが、ちょっと加奈子の反応をためしてみようと思ったのです。反応は十分ありましたが、加奈子はあれをあなたの仕業だと思ったんですね。そこであなたを殺そうとしたんです」

「そして……そして……あなたのそばに立っていた三人の男というのは……」

「あれはみんな幽霊なんです。いや、幽霊の役をつとめてもらったんです。防空壕のなかから掘り出された三つの他殺死体の……」

私は息がつまりそうであった。あまりの恐ろしさに歯がガチガチと鳴って、掌にびっしょりと気味悪い汗を握りしめていた。

「三つの他殺死体ですって？　金田一さん、そ、それはいったいだれなんです」

「ヤミ屋ですよ。八代さん、加奈子はいつか賀川はヤミブローカーをしているとあなたに言ったそうですね。それはうそじゃなかったんですが、しかし、その方法たるや、言語に絶した惨虐なものだったんです。まず、あの加奈子がヤミ商人を物色する。そしてサッカ

リンだの砂糖だのを好餌《こうじ》に、相手をあの家におびきよせる。そこを賀川が殺して金を奪い、死体はあの防空壕へ埋めていたんです。警察が調べたところによると、あの三人が持っていた金だけでも、数十万円を下らぬそうですよ。まったくあの夫婦は鬼でしたよ。鬼畜でしたよ。ことに加奈子は一種変質的な殺人鬼だったらしいですね」

私はジーンと血が凍るような思いであった。私といえども加奈子が人並はずれた異常な女であることは知っていた。しかし、まさかそんな怖るべき女とは……そうだ、そういえばいまにして思いあたることがある。はじめて彼女に会ったとき、私は五百人に一人のわりあいで、犯罪者がかくれているというようなことを話したことがある。それからさらに冗談にお宅の隣の裏庭から、死体がゴロゴロ出てくるというようなことはないかと訊《たず》ねたが、あのときの加奈子の驚きよう！　加奈子はあのとき私の空想話を怖がったのではなかったのだ。それが偶然、彼女の真実をさしつらぬいているから恐れたのだ。私は全身から力が抜けていくような空虚感を覚えた。

「私だってはじめから、あの夫婦がそんな恐ろしいことをしているとは知らなかったのですよ。私はただ、さっきも言った理由から、亀井は殺されたのであろう。そして、あの家の近まわりに埋められているのではあるまいか……と、そう思ったものだから、家の周囲を調べているうちに、あの防空壕に目をつけたんです。そこで加奈子が警察へ出頭している留守中にひそかにあそこを掘ってみたところが、亀井の死体は発見されませんでしたが、その代わり思いがけなく三つの死骸《しがい》がゴロゴロ掘り出されたんだから、これには、私も驚きましたよ。死体の身許《みもと》はすぐわかりました。警察へ失踪《しっそう》届けが出ていたもんですからね。そこではじめて私は、賀川や加奈子の恐ろしい犯罪を知ったというわけです。と、同時に亀井の梅子へあてて出した手紙のなかにある、とても大変なことという意味がわかったのです。亀井はしつこく加奈子につきまとうているうちに、とうとうあの恐ろしい秘密を知った。そして、そのために殺されたんですね。梅子もその秘密を知っていた。だからこそ、良人殺しの疑いをうけながら、なんの弁解もしないで、毒をのんで死んでいったのです。彼女にしてみれば一家の名誉、子供の将来のことを考えずにはいられなかったのでしょう。父がヤミ屋殺しの恐ろしい殺人鬼であったということがわかるよりも、むしろ、母が嫉妬《しっと》のあまり父を殺して自殺したということのほうが、まだしも子供の将来にとって影響が少ないであろう。――梅子はおそらくそう考えたのでしょう。彼女は世の中のすべての母と同じように、子供のために甘んじて濡衣《ぬれぎぬ》をきていったのです。それをかんがえると、私はこの事件の真相を暴露するに忍びない。しかし、もういまとなってはねえ。加奈子は、いずれつかまるでしょう。そうなったら何もかも明るみへ出てしまい、梅子のあの犠牲もむだになりはしないかと思うんです」

金田一耕助はそう言って、暗然として口をつぐんだ。

その夜私は病院を脱け出したのである。

一〇

浅草の近所に赤玉ハウスという安アパートがある。このへんはもちろん戦災であとかたもなく焼けたのだけれど、その後いちはやく復興してまず最初にマーケットが建ちならんだ。ところがマーケットもあまり数が多いのと、その後の不況で、ぼつぼつ没落してくるものができて、なかにはアパート式の集団住宅みたいなものに転向していくのが出てきた。赤玉ハウスというのも、そういう転向アパートの一つだが、その一室に園部菊江という女が住んでいる。

園部菊江というのは旅回りのレヴュー・ガールだが、どの劇団に属しているということもなく、随時、いろんな劇団に加入して旅へ出るらしく、一年中の大半は旅でくらしているのだが、東京へかえったときの住居にと、もうかなり前からこの一室を借りている。いまどきのことだから、部屋代といえども安くはない。しかもめったに使うことのない部屋に支払うにしては、もったいないほどの額である。

しかし菊江という女は、旅でかなりかせぐとみえて、いつも三か月ずつ前払いで、きちんきちんと金を払うので、アパートの管理人も悪い顔はしなかった。多少腑《ふ》に落ちぬ節はあったとしても、いまどきまともな生活をしている人間は、暁の星よりも少ないのだから、かくべつ怪しみもしなかった。

病院を脱け出した私が、その足で駆け付けて来たのは、この赤玉アパートの園部菊江の部屋だった。ドアをノックすると、どなたと、鼻にかかったような太い女の声がなかからきこえた。

「へえ、管理人の使いのものですが、部屋代のことでちっとお話がありまして……」

つくり声で私がこたえると、ちっと舌を鳴らす音がきこえたが、やがて衣擦《きぬず》れの音とともに、カチリとかぎをまわす音がした。とたんに私は全身の重みをドアにかけて、ぐうんとなかへ押し入った。

「何よ、いま時分どうしたのよ。部屋代のことなら……あっ！」

私の顔を見た女は、一瞬、棒のように立ちすくんだが、すぐ身をひるがえして、ベッドの下から何やら取り出そうとした。私はすぐあとからとびついて女の身をおさえた。

「ばかッ、山の中の一軒家じゃあるまいし、飛び道具なんか使ってどうするんだ。これはまあ、こっちへ預かっとくよ」

女の手からピストルをとってポケットにおさめると、私は改めて女の顔をつくづくと見直した。女は壁際に身を寄せて、大きく息をはずませている。恐怖といかりと捨てばちな絶望感とで、その顔は血の気をすっかり失って、青いというよりもむしろ紫色になっていた。私は女の鼻のさきでせせら笑った。

「ふうむ、なるほど、よく化けたもんだなア、そうしていりゃだれだって、おまえを賀川加奈子だと思うものはありゃしねえ。加奈子の写真とくらべてみたってわかりっこはねえ」

まったくそのとおりである。近代の化粧は生地の顔をいくらかでも美しく修飾するという域をこえて、ちかごろでは、もとある顔と全然ちがった顔をそこに作り出すまでに進歩している。いま私の目の前に立っている、赤茶けた縮れ毛の、小鼻のふくれた、頬っぺたのぐりぐりした、そして付け睫《まつげ》毛と頬紅と口紅とで、毒々しく化粧した女を、あの典雅で、高貴な容貌《ようぼう》をした加奈子と同じ人間であることを看破することのできるものが一人でもあるだろうか。実際それは全然別人としか思えなかった。

「加奈子――いや、菊江と呼ぼうか。おまえにゃあのとりすました、猫をかぶった化粧より、このほうがよっぽどよく似合うぜ。少なくともこっちのほうが本性に近いや」

ふいに加奈子の顔がベソをかくように歪《ゆが》んだ。白い、いまにも気が遠くなるような目をして、ちょっとからだをふらふらさせたが、すぐ、気を取り直したようにきっと唇をかむと、

「あなた、どうしてここを知っていたの」

と、しゃがれ声でたずねた。私はまたせせら笑った。

「そこは蛇《じゃ》の道は蛇《へび》さ。おまえのような女を相手にして、おれがただおとなしく鼻っ面を

とって引きずり回されていたと思っているのかい。おまえが警察へ呼び出されている留守中に、おれは家の中を引っかきまわして、とうとうおまえの秘密のかくし場所を見付けたのよ。は、は、ありゃいかにもおまえの考えそうなかくし場所だな。だが、ま、そんなことはどうでもいい。その中からおれは銀行の通いだのそのほかいろんなものを発見した。その通いにゃ、園部菊江という名前と、ここのところが書いてあったので、おれは前からちゃんとここを突き止めておいたのさ」

女はまた気が遠くなりそうな目付きをしたが、すぐ捨てばちな調子になって、

「それで、ここへ何しに来たの。あたしを警察へつれていこうというの」

「警察？　ばかをいっちゃいけない。警察なんざまっぴらだ。おれはな、長いあいだお預けになっていたものをもらいに来たのよ」

「まあ！」

ふいに加奈子は大きく眼をみはった。きらきらとした瞳《ひとみ》のなかに、牝豹《めひょう》のように精悍《せいかん》な光がうかんだ。と、同時に唇は紫色にくちてわなわなとふるえていた。

「あなたはいったいどういうひとなの。あたしがどんな女だか知ってるんでしょう？　それだのに……それだのに……あなたは……」

「はははは！　おれがどういう人間だって？　そのことについちゃ、いつかちゃんと言い当てたことがあったじゃないか？」

「いつか、あたしが……？」

加奈子は瞳をすぼめ、はげしい息遣いをしながら、まともからきっと私の顔をにらんでいたが、急にはじかれたようにあとじさりすると、

「それじゃ……それじゃ……あなたは……あなたが……あの、殺人鬼？……」

加奈子は急にからだの中心をうしなった。瞳が無気味につりあがったかと思うと壁をはなれて、くらくらと倒れそうになった。

私はがっきりと女のからだを抱きとめてやった。……

東京を出てから一か月、私たち、私と加奈子は、日本の果てから果てへと、さまよいあるいた挙げ句、いまこの九州の山奥の温泉宿へ来ている。いままで私たちは無事に警察の目をくらましてきたし、これからさきも生きのびようと思えば生きられないこともあるまい。しかし私も加奈子も、そういう努力を払うことに、もうすっかり興味をうしなってしまった。私たちはいくどか死を決心した。それをともかくいままで生きのびてきたのは、はからずも私がこの手記を書きはじめたからである。私はこれを書き上げたら、金田一耕助君に送るつもりだ。そしてその時こそ、私たちが陰惨な、この世相からおさらばをするときなのだ。その瞬間はもう近い。

隣の部屋では加奈子が外出の支度をして待っている。いままさに終わらんとしていること

の手記を、二人でいっしょに郵便局へ持っていくためである。久しぶりに彼女は、園部菊江の仮面をぬいで、賀川加奈子の高貴で典雅な容貌にもどっている。これは私が、死体の鑑別の際、警察官諸公の手間をはぶくために、彼女にそうするようにすすめたのだが、加奈子としても死に化粧として、少しでも美しく装いたかったのだろう。一も二もなく、私の申し出でを承知したのである。

さあ、これであらかた書くべきことは書いてしまったが、最後に二、三、金田一耕助君の捜査の中で、疑問となっていた点をここに明らかにしておこう。

亀井淳吉の死体はトランクにつめて、賀川が東京湾の沖へ沈めて来たそうである。それから賀川を殺したのはやはり加奈子で、だいたい金田一耕助君の話したとおりだが、ただ、耕助君の推測で足りなかったところは、加奈子はよほど前から、ああいう場合のあるべきことを予期していたという。すなわち彼女は、賀川から相談を受けたとき、直ちに賀川のもう一つのたくらみ、すなわち自分を殺そうとする相手のたくらみを看破したそうである。つまり賀川と加奈子は、咬《か》みあう二匹のけだものだったのだ。食うか食われるか、殺すか殺されるか。――加奈子は早くから、そのことを予想していたという。

さあ、これでいうべきことはつきた。いま、宿の周囲には郭公《かっこう》の声しきりである。この静かな、眠気をさそうような山の温泉宿が、やがて血腥《ちなまぐさ》い事件の大団円の土地として、日本全国に喧伝《けんでん》されるかと思うと、私の虚栄心もいくらか満足である。

では。——

金田一耕助追記

八代竜介君の以上の手記は、だいたいにおいて真実をつらぬいているが、しかしなお考うべき箇所がないでもない。それは八代君が自分で殺人鬼であるかのごとくほのめかしている点である。彼があの殺人魔であったという確証はどこにもないし、この点、はなはだ疑問である。私が思うに、これは八代君の虚栄心と自尊心からきたところのブラッフではあるまいか。八代君も加奈子を疑っていたことは疑っていた。そのことは加奈子の留守中、家の中を捜索して、加奈子の変身を探り出したことでも分かっている。しかし、かれは、まさか加奈子をあれほどの大悪女とは知らなかった。しかもその加奈子のために危うく殺されかけたのである。このことが探偵作家としての八代君の自尊心を少なからず傷つけた。そして加奈子に復讐《ふくしゅう》するためには、自分を相手より、よりいっそうの悪党として、優越をてらわなければならなかったのではあるまいか。そう考えるほうが自然のようである。少なくとも八代君があの殺人魔であったという確証があがるまでは。だが、こう考えることは八代君が真実殺人魔であったことと同じ程度に恐ろしいことである。

かれが殺人魔でなかったとすると、加奈子のような女といっしょに死ぬべき理由は少しもない。それにもかかわらずああいう思い切った行動をとったところに、私はいまの世相の陰惨さを思わずにはいられない。八代君はこの世相に絶望したのだろう。なんの希望も救いもない、いまの時代に絶望したのだろう。かれはみずからあのようなドス黒い幻想を描いて、女とともに死んでいったのではあるまいか。

それから私はもう一つ、八代君のとった思いきった行動の動機に疑問を抱いている。しかもその疑問は私にとってはせめてもの慰めなのだ。最後に八代君にあったとき、私はつぎのようなことを言った。梅子のせっかくの犠牲も、加奈子がつかまれば水の泡となるだろうと。そして梅子の遺児たちは恐ろしい殺人鬼の子供として、生涯呪われなければならないだろうと。八代君のとった行動は、あるいは梅子を不愍《ふびん》と思い、彼女の犠牲をまっとうせしめるためではなかったろうか。むろんそればかりではなかったろうが、そういう意識も働いていたのではないか。いずれにしても九州の温泉地で八代君とともに自殺した加奈子は、なんの遺書ものこさなかったので、ブローカー殺しと賀川夫婦を結びつける物的証拠はひとつもなく、結局あの事件はうやむやになってしまった。また、亀井についても、いまだに死体が発見されていないのだから、この事件も五里霧中ということになっている。私は八代君の手記をだれにも見せず、筐底《きょうてい》ふかくしまいこんでおくつもりである。

黒蘭姫《くろらんひめ》

売り場十五号

変事が起こる場合には、何もかもがそういうまわりあわせになっているらしい。

あの日、エビス屋百貨店の三階十五号売り場で起こった事件にしたところで、三階主任がいままでどおりの宮武謹二《みやたけきんじ》だったら、ああいう恐ろしい結果にはならなかったにちがいない。

ところが、その宮武主任はある事情のもとに、一週間ほど前にクビになって、新しく三階主任に就任した沢井啓吉というのは、ちかごろ大阪支店から転勤して来たばかりで、まだ本店の機微にふれていなかった。そこへもってきて、間の悪いときには仕方がないもので、十五号売り場の古参売り子磯野アキというのが、あいにくそのとき売り場をはなれていたのである。

事件の起こるちょっと前、それは夕方の四時半ごろのことだったが、磯野アキは新参の伏見順子をふりかえって、

「伏見さん、お願い。……しばらくここを見ててね。あたしちょっと と……」

と、頰をあからめてもじもじとした。

「あら、どうなすって？……まあ、またなの？」

わかい順子は無邪気に目をみはった。

「ええ……」

と、アキは、コスモスの君というあだ名のある、美しい頰をほんのりと染めながら、

「困ってしまうわ、こんなことなら生理休暇をもらえばよかったんだけど……まだ、二、三日、間があると思っていたのよ。今月は少し早くまわってきたんだわ」

と、長い睫毛《まつげ》をふせてつぶやくようにいった。

お店では順子よりもずっと古参で、年も七つほど上なのだが、ちっとも先輩ぶらない人柄が順子にはうれしかった。

順子は元気に、

「ええ、いいわ、いってらっしゃい。ここは、あたしが引き受けますわ。大丈夫よ。わからないことがあったら、主任さんにお伺いしますから」

「じゃ、……お願いしてよ」

磯野アキは十五号売り場をはなれると、小走りにとなりの売り場のうしろを駆けぬけていった。となりの売り場は婦人服部である。お仕立物や既成品の婦人服を着せられた模型《マヌ》人形《カン》が、薄暗い売り場のおくにニョキニョキと立っている。従業員のトイレットは、客用のとは別に、婦人服部のすぐ裏っかわ客からは見えないところに設けられているのである。

そのとき三階はいたって閑散であった。そもそもこのエビス屋百貨店というのは七階建

てで、戦前は固定した顧客を持ち、あまり派手ではないが、その代わり手堅い商法で名をうっている店であった。しかし、戦後はどこの百貨店も同じことで、売る品物も少ないから、四階以上は事務所や演芸場にかして、売店は三階までとなっている。その三階は貴金属および宝石部、婦人服部、楽器部、洋家具部といったふうな、どちらかといえば、あまり人のよりつかぬ売り場が多いうえに、時刻が閉店間際の四時半ごろのことだから、客といってはほんのかぞえるほどしかいなかった。

季節は十一月のなかばごろ、四時半といえばもうほのぐらく、客の少ない三階はがらんとして、薄ら寒さが身にしみる。

女はこれがあるから困るわねえ。——と十五号売り場にひとり取り残された伏見順子は勘定器にもたれたまま、ぼんやりとそんなことをかんがえている。彼女はまだ十八でつい十日ほど前にお店へ入ったばかりの新参であった。それまでは女学校へかよっていたのだが、家計の都合で急に退学して、ここへ勤めることになったのだから、職業についたのはこれがはじめてだった。

百貨店の売り子ぐらいなら……と、彼女ははじめそうたかをくくっていたのだが、実際にその職についてみると、なかなかそうはいかず、これも相当つらい仕事であることが、ちかごろだんだん順子にもわかりかけている。まず第一に、暖房設備の休止している現在では、腰から下が冷えてかなわなかった。それに十五号売り場の性質が性質だから、あまり客の多くないのが、わかい順子には不平であった。それでいて、たまにある客ときたら、きまって気位の高い奥さんやお嬢さんで、つまりきげんのとりにくい相手が多いのだから、気骨の折れることは百貨店でも一番だった。

三階の十五号売り場——そこは貴金属や宝石類の売り場なのである。

磯野さんはあのとおりの綺麗《きれい》でお上品なかただからいいけれど、あたしみたいながさつなものにはここは向かないわ。あたしには玩具部か雑貨部か、そういう賑《にぎ》やかで簡単なところが性にあっているのよ。新米だのにどうしてこんなむずかしいところへ回されたのだろう。……

順子は勘定器にもたれたまま、ぼんやりそんなことをかんがえていたが、するとそのとき、ふと人の気配がしたので、ふりかえってみると、いつの間に来たのか、洋装の女がひとり、陳列棚の向うに立って、ケースのなかをのぞいている。

あら！……順子は口のうちでつぶやくと、急いでそのほうへちかづいていった。

そのときのことについて、順子はつぎのように語っている。

「あたしが気がついたときは、そのひと陳列棚の向こうに立って、ケースのなかをのぞいていたので、顔は少しも見えませんでした。それに厚いヴェールをかぶっていましたし……ええ、とても厚いヴェールを、しかも二重にかぶっていたようでした。そういうわけで、顔はとうとうおしまいまで見なかったのですが……服装ですか、そうですわねえ、黒い、厚ぼったい外套《がいとう》を着てそれに皮の手袋をはめていましたが……そのほかのことはよくおぼえておりません。だって、まさかあんな恐ろしいことが起こるとは、夢にも思っていなかったんですもの……」

その女は順子がちかづいていくと、手袋をはめた指でケースの中を指さしながら、

「あのブローチを」

と、いったが、その声はささやくようなひくい声で、ほとんどききとれないくらいであった。

順子がブローチを出してやると、女はうつむいたまま、手にとって、と見こう見していたが、気に入らなかったのか、別のブローチを指さした。順子がそれを出してやると、女はまたしばらく、うつむいたままあらためていたが、やはり気に入らないのか、こんどは腕環《うでわ》を出してくれといった。相変わらずききとりにくいほど低い声であった。

こうして女はブローチだの、腕環だの、指輪だの、さては模造真珠の頸《くび》飾りだのと、つぎからつぎへとケースの上にならべさせたが、そのうちに順子ははっとするようなことに気がついたのである。

客のさしずでケースのなかから、宝石入りのコンパクトを出そうとしてうつむいたときである。となりに並んだコンパクトのひらいた鏡の上に、手袋をはめた女の手の、すばやく動くところがうつったのである。その手のなかには、何やらきらきら光るものがかくさ

れていた。

順子ははっとした。恐ろしさに心臓がドキドキとして、膝頭《ひざがしら》がワナワナとふるえた。コンパクトを持って立ち上がったとき、順子はまるで、悪いことをしたのは自分のほうででもあるかのように、からだじゅうが熱くなって、いまにも泣き出しそうなかおをしていた。

客は相変わらずうつむいたまま、順子の出したコンパクトを手にとってみている。順子がすばやくケースの上を見渡すと、指輪が二つ、ブローチがひとつ、金目にしてざっと三千円の品がすがたを消していた。

順子は救いを求めるような目であたりを見回わした。こういうことがあったばあい、売り子はむやみに騒いだり、客をとがめたりしてはならないと教えられている。それはお店の信用を傷つけることになるのである。その代わりに売り子はすぐにこの由を、各階の主任に報告しなければならない。だが順子はいま売り場をはなれるわけにはいかなかった。磯野アキはまだかえって来ないし自分が売り場をはなれると、あとは空っぽになってしまう……。

順子はいまにも泣き出しそうなかおつきできょろきょろあたりを見回わしたが、その顔色に目をとめたのが、三階主任の沢井啓吉であった。物慣れたかれは順子の顔色から、すぐその場のなりゆきに気がついたにちがいない。自分の席をはなれると、いそぎあしで十五号売り場へちかづいて来た。

「毎度ごひいきにあずかりましてありがとうございます」

沢井主任はもみ手をしながら、すばやく順子に眼配せをした。順子は真っ青な顔をしながら、それでも指輪を指さして二本指を出し、ブローチを指さして、一本指を出してみせた。沢井主任はかるくうなずきながら、

「あの……まことに恐れ入りますが、ちょっと事務所まで御足労願えますまいか」

ことばはまことにいんぎんである。しかしそのことばをきいたとたん、コンパクトをいじくっている女の手がわなわなとふるえた。

「お手間はとらせません、ほんのちょっとでよいのですから事務所まで……」

女はカチャリと冷たい音をたててコンパクトをケースの上においた。それから、手提げかばんを持ちなおすと、くるりと向きをかえ肩をゆすって向うへ行こうとする。沢井主任はその腕をとらえてかるく引きもどした。

「あまり強情をおはりにならないで……こういうことはありがちのことですから、お話を伺ってまたなんとか……とにかく事務所までおいでください」

沢井主任のことばは相変わらずいんぎんをきわめているが、女の腕をとらえた指先には力がこもっている。女はそれをふりほどこうとして、二、三度身をよじったが、その物音にとなりの婦人服部の売り子がふとこちらをふりかえった。そしてその場の様子をひとめ見るとはっと顔色をかえて、

「あ、いけません、主任さん、そのかたは……」

売り場をまわって急いで外へとび出そうとしたが、そのときだった。女の腕をとらえていた沢井主任の姿勢が、ふいにぐったりくずれてきたのである。

そのときのことについて、伏見順子はつぎのように語っている。

「はじめのうち、あたしには何が何やらわけがわかりませんでした。主任さんは急にからだをふたつにねじまげると、ちょっと女ともつれるようになりましたが、そのまま、骨を抜かれたように、くたくたと床の上に倒れてしまったんです。ええ、声はちっともお立てになりませんでした。あたし、しばらくあっけにとられて見ていたんですが、そのとき、となりの柴崎さんが、だしぬけに大声で叫んだので、ふと見ると……ええ、その女が階段のほうへ走っていくところは見ました。しかし、なにぶんにもあまりとっさのことですから、なんの思案もうかばなかったんです」

婦人服部の柴崎珠江も同じようなことを言っている。「あたしがその女に気づいたのは、主任さんが手をとって、事務所へつれていこうとしているときでした。あたし、その女をいつものかただと思ったんです。それに主任さんはまだ新しくて、そのひとをご存じないのだと思ったものですから、御注意申し上げようと思ってとび出したんですが、そのとたんでした。主任さんが急にくらくらと倒れて……いいえ、その女がいつものあのかただったかどうか、あたしにもはっきりわかりません。なにぶんにも、厚いヴェールで顔をつつんでいましたし、それにとっさのことですから……」

　それはさておき、柴崎珠江の叫びをきいて、三階に居合わせた客や店員が、バラバラとその場に駆けつけて来たことはいうまでもない。

「ど、どうしたんだ。なんて声をするんだ。お、主任さん、どうかしたのかい」

　男店員のひとりは驚いたように、足下に倒れている沢井主任の上にかがみこんだが、すぐはじかれたようにうしろへとびのいた。

「わっ、こ、こりゃあどうしたんだ。主任さんは横っ腹をえぐられている！」

　順子にとってはそれが緊張と興奮にたえうる限界だったらしい。彼女はまるで気がふれたように金切り声をはりあげると、

「あの女です。あの女がやったんです。黒いヴェールをかぶった万引き女の仕業なんです。人殺し、人殺しィ、人殺しイイイ……」

　それから順子は気をうしなって、ぐったりと陳列棚の上にのめってしまった。

ヴェールの女

　エビス屋百貨店の支配人といえば、ひとはだれでもあからがおの、脂肪ぶとりのした太い指に太い金指輪をひけらかした、そして、横柄さと如才なさをたくみにこね合わせた、

ごま塩あたまの初老の人物を想像するらしいが、それは大まちがいである。

糟谷《かすや》六助はまだ三十五歳である。

背が高くて、胸が厚くて、肩幅がひろくて、言語動作のキビキビしているところは百貨店の支配人というよりも、拳闘《けんとう》クラブのマネジャーみたいである。頭の毛が異様にくろく、それに毛深い性と見えて、いつも髭《ひげ》を剃《そ》ったあとが青々としており、色は浅黒くて、眉《まゆ》が太いから、ちょっと見たところでは、恐ろしくて、近づきにくいように見えるが、それでいて、百貨店の従業員のあいだでは不思議と人望がある。ことにわかい女店員のあいだでは、なんとかいうアメリカ映画俳優に似ているとやらで、たいへん人気があって、この若い支配人から声をかけられるのを、無上のよろこびとしている娘も少なくない。

それは六助の飾りっけのない性質によるものだろう。かれはだれに対しても、同じ態度と同じことばで話しかける。しかめっ面をした重役を相手にするときも、気むずかしいお得意さまと応待するときも、新参のわかい売り子に接するときも、彼の態度は少しもかわらない。いつもいたずらっぽく目をかがやかせて、キビキビとしたことばのあいだには、おりおり小気味のよい警句がとび出す。そこが従業員のあいだに人気のあるゆえんだが、しかし今夜はさすがにその六助も、くらい渋面をつくっている。得意の警句もとび出さない。額にきざんだ皺《しわ》のあいだにも、この男としては珍しく、くらい思案のかげがある。

「それにしても、あたりに相当人がいたというのに、目の前で行なわれた殺人事件の犯人を取りにがしたとは、ちと、どうも遺憾千万ですな」

と、手帳をポケットにしまいながら、デスク越しに六助の顔を見上げたのは、警視庁から来た等々力《とどろき》という警部である。

支配人室の時計はいま八時を示している。ひろい百貨店の内部は、がらんとした、むなしい静けさに包まれて、そのなかを、おりおりせわしげな足音がいきするのは、刑事たちが証拠をあさっているのだろう。

あれからすぐに駆けつけて来た警官たちによって、従業員や店員は、かたっぱしから厳重な取り調べをうけた。ことに事件にいちばんふかい関係をもつ磯野アキや伏見順子、それに婦人服部の柴崎珠江など、しつこく、なんどもなんども同じことを訊《たず》ねられていたが、それがやっとおわって、一同帰宅を許されたのは、ついいましがたのことであった。

「そういえばそうですがね」

と、六助はぐったりとしたように、回転椅子をきしらせながら、

「なにしろとっさのことですから、つい機転もはたらかなかったんでしょう。だれしもそんな恐ろしいことが起ころうとは、予期しているはずはないのだから……それに時刻もいけなかった。……ちょうど七階の演芸場でやっている映画がおわったところで、その客の溢《あふ》れがどっと押し寄せて、階段もエレヴェーターもいっぱいになってしまったものだから……つまり、犯人はその混雑を利用して逃走したんですね」

「と、まあ、そう考えるよりほかはないがただ不思議なのは、一階の出入り口をしらべたところが、だれもその時刻に、ヴェールをかけた婦人の出ていくのを見たものがないんですよ」

「しかし、そりゃ……犯人だっていつまでも、目印になるようなヴェールをかぶっているはずがありませんや。途中でとってしまったにちがいない。ヴェールをとったところで、だれも顔を知っているものはないのですから……伏見順子だって、柴崎珠江だって、相手の顔を見ていないのですからね」

「そう、そういうふうにもかんがえられる。しかし……」

と、そこで警部は急にからだを乗り出すと、

「いったい、その万引き女というのは何者なんです、あんたはその女を知ってるンでしょう」

六助はくらい顔をして黙っている。

「ねえ、糟谷さん、こうなったら正直に何もかもうちあけてもらわねば困る。そりゃ、店の信用上、いろいろ言いにくいこともありましょう。お得意に対する徳義上、守らねばならぬ秘密もあるだろう。しかし、こと殺人事件に関する以上、何もかも正直に言ってもらわねば困る。いったいあの女は何者なんです」

六助はそれでもやっぱり黙っている。警部は怪しむように相手のくらい顔を見ながら、

「いや、だいたいのことは私にも想像できる。柴崎珠江やほかの店員たちの話によると、こういうことになりますね。この店には黒蘭姫《くろらんひめ》というあだ名のある濃いヴェールをかぶった婦人がときどき現われる。ヴェールをかぶっているから、だれも顔を見たものはなく、また、どこの何者ともわからないが、楚々《そそ》たる容姿といい、ぜいたくな服装といい、相当の家の、しかもまだ年若い令嬢らしく思われるので、店員たちは黒蘭姫というあだ名を奉っているわけだが、この婦人はいつも万引きをやっていく。しかも、不思議なことには、その万引きをとらえてはいけないという規則が、この店にはあるそうですね。その代わりに彼女の盗んでいったものを、各階の主任へ伝票として差し出しておく。するとこ主任はそれをまとめて、支配人、すなわちあんたのところへとどけておく……。と、こういう規則になっているという。それからあとのことはだれも知らんが、おそらくあんたはそれらの伝票をひとまとめにして、万引き婦人のところから、代金を請求してくるのだろう……と、これが店員たちの話です。すなわち、黒蘭姫の正体を知っているのは、糟谷さん、あんたひとりだけ、というわけですな。そこでお伺いしたいのだが、糟谷さん、その万引き夫人――いや、令嬢かも知れませんが、それはいったい、どこのどういう人物ですか」

警部はそこで相手の返事を待ったが、六助はそれでもやっぱり無言であった。

警部は疑わしそうな目で相手の顔を見守りながら、

「こういうことは世間にまんざらないことではない。良家の子女と生まれながら、持ったが病いの盗癖で、ついふらふらと万引きをやる。デパートのほうでもよく心得ていて、その場は見て見ぬふりをしておいてあとから代金を請求する。……そういう話はよく聞くことです。だから、その点をとやかくいうのじゃない。しかし、こうしてこと殺人事件となった以上は、気の毒ながら何もかもはっきりしておかねばならない。万引きだけならお互いの話し合いで事もすもうが、男一匹殺したからには……」

「ちがうのです。警部さん、それはあなたの思いちがいですよ」

ふいに六助が警部のことばをさえぎった。

「ちがう……？　糟谷さん、ちがうとは何が……」

「そう、いまあなたのおっしゃったようなことは事実であります。しかし、その婦人と今日の女はちがうんです」

「どうして、それがわかりますか」

警部は怪しむように訊《き》きかえした。六助はデスクに両手をついて、のしかかるように警部の顔をのぞきこみながら、

「まず第一に、その婦人ならば万引きの現行をおさえられたところで、決して罪にならないことを承知している。だから、あんな思いきったことをする必要はない」

「なるほど、それもひとつの考えかたですな。しかしねえ、糟谷さん」

と、警部もデスクの上にからだを乗り出して、

「こうも考えられないことはありませんか。その婦人の正体を知っているのは、いまのところあなた一人しかない。あなたは極力、それをかくすようにつとめて、店員たちにも決して、ヴェールの下をのぞくようなことをしてはならぬと言いつけてある。だから、いままでのところ、そういう盗癖、そういう奇病を持っている婦人が果たして何者であるか、だれも知っている者はない。ところがですな。今日は不幸にも、三階主任が新米であったために、あやうくヴェールをとられようとした。もしその婦人が、世間に相当知られているる婦人ならば、ヴェールをとられたが最後、たちまち正体は暴露してしまう。なんのなにがし婦人はこういうあさましい病気を持っているということが、いっぺんに、世間へ知れわたってしまう。婦人はそれを恐れた。そこで絶体絶命……」

「ちがいます。ちがいます。それは……それは……」

六助は必死の面持ちで叫んだが、急に気がついたように、

「いや、失礼、何もご存じないあなたに、こう嚙《か》みついたところで仕方がない。お話ししましょう。実はそれについて妙な話があるんですよ」

と、ぎこちなく回転椅子をきしらせると「実は、しばらく前から私も、このことについて、何か変なことが起こらなければよいがと心配していたんです。そう、私はその婦人を知っています。そして、婦人のそういう病気が起こったあとでは、いつも伝票をもって婦人の宅から代金を請求して来るのです。ところが近ごろになって、ちょくちょく妙なこと

があるんです。その婦人というのは、かくべつ欲があって盗みをするわけではなく、つまり一種の病気で品物を持ってかえるだけですから、持っていった品物はちゃんと、彼女独特の秘密の金庫のなかへしまってあるんです。ところが私が伝票をもって代金を請求にいくと、父兄に当たる人がこっそり秘密金庫の内容を調べる。そしてそこにある品物と伝票が一致していることをたしかめてから、はじめて代金を支払うのです。それについて、従来は一度もまちがいがあったためしがない。いつも金庫の内容と伝票はちゃんと一致していた。ところが……ところが、ちかごろになってそこに狂いができてきたんです。すなわち、伝票についている品で、金庫のなかにないものが、たびたびあるというようなことになったんです」

ほほう……と、いうように警部もにわかに眉《まゆ》をひそめた。六助はすぐことばをついで

「これには私も弱りました。相手の弱味につけこんで、持っていきもしない品まで請求しているように思われては心外でした。しかし幸い相手の人は私を信用してくれていますので、その心配は、まあ、なかったわけですが、こっちにしてはともかく寝覚めが悪い。そこでデパートへかえって調べたところが、その品なら、たしかにヴェールの婦人が持っていったというんです。こうなると、もう水掛け論ですが、私はどっちも疑うことができない。うちの売り子がうそをいうはずはないし、さりとて向こうさまだってそんな人柄じゃない。しかも、そういうことが、その後二度ほどあったものですから、私ははじめて、だ

れかほかの者が、ヴェールの婦人をよそおうて、万引きしているのじゃないかと気がついたわけです」

「ちょっと待ってください。その伝票と現物のくいちがいですがね、向こうさまではそれを直接本人にたしかめてみようとはしなかったのですか」

「どうしてそんなことができるんです。父兄たちはそのひとの病気を、一切知らぬかおでとおしているんですよ。持っていった品物の代金を、内々支払っているなんてことも、本人は絶対に知っていないんです」

六助はそこまで言って、はたと口をつぐんだ。警部はにやりと笑うと、

「それじゃ当人はこの店が、自分の万引きを見て見ぬふりをしているということも知らなかったのじゃないか。すると、つかまって、絶体絶命になるということも考えられる。だが、まあ、そのことはいいとして、ところであなたはいま言ったような妙なくいちがいを発見してから、それについて、なにか処置をしましたか」

「処置――といって、特別に処置のほどこしようがありません。ヴェールの婦人が現われた際、いちいちヴェールをとらせるわけにはいきませんからね。うっかりヴェールをとって、それがもしほんとうの当人だったら大変なことになる。そこで私はある一人の人物にだけ、自分の疑いを打ち明けて、以後気をつけてくれるように注意しておいたんです」

「だれですか。その人物というのは……」

「宮武謹二という男です」

「お店の従業員ですか」

「そう、ついちかごろまで、うちの店員でした。三階主任をしていたんです。しかし一週間ほど前に、ちょっと不都合なことがあったので……それは、この一件と関係のないことですが、店をやめてもらいました」

警部はしばらく疑わしげな目で、まじまじと六助の額を見つめていたが、やがてやおら椅子から立ち上がると、

「糟谷さん、これは重大なことですよ。黒蘭姫ににせ物があったかなかったか……そのことを知っているのは、あなたのほかに宮武という男しかないとおっしゃる。ところがその宮武は一週間ほど前にクビになっているという。糟谷さん、いったいこれはどういう意味です。あなたはまさか黒蘭姫をかばうために、ありもしないにせ物を捏造《ねつぞう》して、われわれを瞞着《まんちゃく》しようというンじゃありますまいな」

六助は憤然としてなにか言いかけたが、そのとき、卓上電話のベルがけたたましく鳴り出したので、六助はあわてて受話器を取りあげた。

そして、二言三言話していたが、すぐにそれを警部のほうへ差し出した。

「なに、私に……？」

警部は受話器をとってしばらく応答していたが、急に、はじかれたようにからだをビク

りとさせたので、六助はぎょっとしてその様子を見守っていた。

「よし、それじゃすぐ行く」

警部はガチャリと受話器をかけると、くるりと六助のほうへ向きなおった。そしてしばらく、穴のあくほど、かれの顔をにらんでいたが、やがてポキポキと、木の枝を折るような口調で、こんなことを言った。

「糟谷さん、この建物のなかで、またひとつ殺人事件が発見されたそうです」

「……………？」

「七階の喫茶店で、男がひとり殺されているのが、たったいま発見されたんです。ところでその男の身許《みもと》ですが、懐中にある名刺によるとそいつの名は……」

「そいつの名は……？　警部さん、どうしたんです。そいつ何か……？」

「そいつの名は宮武謹二というんです。糟谷さん、これはいったいどういう意味ですか」

新聞を読む男

エビス屋百貨店で起こった第二の殺人事件というのは、大体つぎのような顚末《てんまつ》だった。

前にもいったように、エビス屋百貨店が、現在、百貨店として使用しているのは三階まで で、それから上は貸事務所になり、さらに最上層の七階には、映画館だの、喫茶室ができている。百貨店の営業は、ふつう夕方までだが、貸事務所や映画館はそういうわけにはいかない。それよりずっと遅くなるのがふつうだから、四階から上は特別にエレヴェーターや階段がついている。つまり夜になると、百貨店の内部を通らずとも、自由に出入りができるようになっているのである。

さて、その晩、八時二十分ごろのことである。

ひとしきり立てこんでいた喫茶室も、そのころになると、ばったり客がなくなるのがふつうであった。同じ七階にある映画館は、だいたい八時には閉場するので、そのあといつも、いっときかなり立てこむが、酒場とちがって喫茶専門のこの店では、そう長くねばっている客もない。ことに夜道の物騒なこのごろでは、かえりを急ぐのが人情だから、映画館がはねて二十分もすると、喫茶室のほうもがらあきになるのがいつものことだった。

今夜も時計が八時十五分を示すころから、ばったり客足がとだえたので、二人いる女の子がそろそろ店を仕舞いかけたが、そのころになってもただ一人だけ、すみっこのほうにねばっている客があるので、少女たちは当惑したように顔を見合わせた。

「いやアね、あのひと、いつまでねばってるんでしょう」

「コーヒー一つで、もう一時間以上もあそこにいるのよ。だれか待ち合わせてるひとでもあるんでしょうか」

「そうそう、待ち合わせてるひとってば、さっき一度来たようよ。そしてあのひとに、何か話したけど、大急ぎでとび出していったわ。ひょっとすると、あのひとがかえって来るのを待ってるんでしょうか」

「それにしても迷惑な話ね。あのひとひとりのために、いつまでもお店がしめられないんですもの。もう看板ですからって注意しましょうか」

「そうね、あなた、いってらっしゃいよ。あたしなんだか気味が悪いわ」

「あら、どうして？　何が気味悪いの」

「だって、あのひとったら、さっきからずっとああして、同じ姿勢で新聞を読んでいるのよ。ちっとも身動きしないのよ。よほど何か考えこんでることがあるんだわ。うっかり声をかけると、どなりつけられるかもしれなくってよ」

「そうお？　いやアね」

カウンターのそばで、二人の少女は、そんなひそひそ話をしながら、しばらく、不思議な客を見守っていたが、やがてまた、一人のほうがこんなことを言い出した。

「ほんとうね。あなたのいうとおりだわ。あのひと、ちっとも身動きをしないわ。いったい、どうしたってンでしょう」

「あなた、注意してらっしゃいよ。もう看板ですからって……」

「いやアよ、あたし。なんだか気味悪くなってきたわ」

女の子はふたりとも、いまにも泣き出しそうなかおになった。まったく、幼いこの二人が、妙に怯《おび》えをおぼえたのも無理ではなかった。

がらんとした百貨店最上層にあるこの喫茶室、映画がはねてからは急に淋《さび》しさが身にしみて、電燈ばかりがしらじらと明るいのも、かえってうすら寒いかんじである。そういう喫茶室の一隅で、いつまでたっても同じ姿勢で新聞を読んでいる男。——新聞を前にひろげているので、顔はすっかりかくれているが、さっきから身動きひとつする気配もない。いや、身動きどころか、呼吸をしている気配さえもかんじられない……。

「ちょっと、ちょっと、綾ちゃん」

突然、ひとりの少女がもうひとりのほうへ呼びかけた。

「なによ、どうしたのよ」

「だって、だって、あのひとの持ってる新聞、あれ、さかさまじゃない？」

「まあ！」

綾子が怯《おび》えたように大きく眼をみはったときである。

「おや、あんたたち、まだお店、しまわなかったの」

カウンターの奥から顔を出したのは、この喫茶室を経営しているマダムである。

「ああ、マダム！」

少女たちは地獄で仏に出会ったようなかおいろで、ほとんど異口同音に叫んだ。

「だって、あのお客さまが……」

「おや、まだお客さまがいらっしゃったの。でももう八時半じゃないか。そろそろ看板にしなきゃ……綾ちゃん、あんたそう申し上げていらっしゃい」

「だって、マダム、それがいけないのよう」

綾子はいよいよ泣き出しそうな顔になった。

「いけない？　何がいけないの？　妙な子だねえ。あんたたちが言えないのなら、あたしが言ってあげよう。なんぼなんでも、あまりおそくなるから……」

マダムはカウンターを回ってお店のほうへ出て来た。それから不思議な客のねばっているブースのほうへ近寄ると、

「あの……恐れ入りますが、もう看板でございますから……」

声をかけたが返事はなかった。不思議な客は依然として、新聞で顔をかくしたまま、ブースの背にもたれかかっている。

「あの……もし……あまり遅くなりますと、子供たちがかわいそうでございますから、あの……」

突然マダムは、ことばを切って、上半身を前に乗り出した。客の持っている新聞が、さかさまであることに、マダムもこのときはじめて気がついたのである。マダムはふっと二人の少女のほうを振り返った。見交わした六つの目に、一瞬、不吉な危懼《きぐ》がおののくように通りすぎた。

マダムは胸を張ってフーッと深呼吸をすると、客の持っている新聞に手をかけた。そして、それでもことばだけはていねいに、

「あの……もし、どこかお加減でもお悪いのでしょうか」

そっと新聞をこちらへひいたとたん、不思議な客は重心をうしなったように、ぐゎらりと音を立てて、前へつんのめってきたのである。その客が、もとの三階売り場主任、宮武謹二であったことはいうまでもない。

「……で、私は念のために、七階のほうも調べてみようとあがって来たんですが、そのとたん、マダムやあの娘たちの悲鳴をきいたので、びっくりしてとびこんで来たところがこのしまつで……。はじめ私は心臓麻痺《まひ》か何か、そんな病気だろうと思っていました。ところが、懐中を調べると、エビス屋百貨店、三階売り場主任、宮武謹二という名刺が出てきたんです。ところが、ここにいるマダムや娘たちは、宮武なら知っているが、いままで、まるで気がつかなかったというんです。それというのがこの男、ごらんのとおり変装しているんです。ほら、あの黒眼鏡にあの髭《ひげ》――あれは付け髭なんですよ。そこでひょっとすると、これまた今日の事件に関係があるんじゃないかと思って、とりあえず御報告したというわけです」

これが等々力警部や糟谷六助が駆け付けて来たとき、一番にきいた刑事の報告だった。

等々力警部は六助を振り返ると、

「宮武という男にちがいありませんか」

と、訊《たず》ねた。六助は眉根にふかい皺《しわ》をきざんで、暗いうなずきをくりかえしながら、

「宮武にちがいありません。黒眼鏡に付け髭……なんのためにこんな変装をしたんだろう」

と、たゆとうように言った。

宮武の死体は、テーブルを二つ三つ寄せ集めた上に寝かせてあったが、くゎっと見張った目が、いまにも眼窩《がんか》からとび出しそうで気味悪かった。死体のそばに黒眼鏡と付け髭がおいてある。

「……で、体を調べてみたんだろうね。外傷は……？」

「何もありません。だから私も、はじめは心臓麻痺かなんかだろうと思ったのですが、マダムや娘たちの話をきいて、どうもそうではなさそうな気がしてきたんです。少し妙なところがあるんですよ」

「妙なところというと？」

「娘たちが気がついたとき、この死体は新聞を持って座っていたそうです。それだけならば、新聞を読んでいるうちに、発作におそわれたと見られないことはありませんが、妙なことにはその新聞というのを、さかさに持っていたそうです」

等々力警部はほほうというように眼をみはった。

「まさか、この明るさの中で、新聞の上下を取りちがえるはずはありませんから、これは死人自身がとりあげたのではない。だれかほかの奴が死んでから持たせた。それも非常にあわてていたので逆に持たせた。……と、こういうことになります。どちらにしても、そいつにとっては、ここでこの男が死んでいることを、あまり早く発見されたくなかったのでしょう。ということは、そいつが犯人ではないか、つまりこれは他殺ではないかという疑いが出てきたわけです」

「なるほど、それについてはいまに医者が来るから決定してくれるだろうが、他殺として、その方法は……？」

刑事はすぐそばのブースを指して、

「この男のいたのはそのテーブルですがね、ごらんのとおり、コーヒー茶碗《ぢゃわん》が二つ出ています。だから、こいつに連れのあったことはまちがいありませんが、ひょっとすると、そのコーヒー茶碗のひとつに……」

「青酸カリかね」

警部は眉をひそめて、

「そいつは大事にとっておいて、鑑識のほうへ回してもらおう。ときに、ここにいる娘たちは、その連れというのをおぼえていないのかね」

マダムを中にはさんで、さっきから真っ白に緊張していた二人の少女は、警部の言葉をきくと、いまにも泣き出しそうなかおになった。

「それがよくおぼえていないというんです。マダム、君から代わって、警部さんにさっきの話をしてくれたまえ」

マダムはさすがに、落ち着きを取りかえしていた。刑事からそううながされると、二人の少女をかばうように左右に抱きしめながら、

「何しろ、まだこのとおり子供でございますから……それに、そのひとの入って来たのが、映画の閉場《はね》どきの、いちばん忙がしい最中だったらしく、どうもよく覚えていないというんでございますの。でも、しばらくしてから別のひとが入って来て、このひとと何か話していた……綾ちゃん、そうだったわね。あなたから、そこのところを申し上げなさいよ」

「ええ……」

と、綾子という少女は、いまにも泣き出しそうなかおをしながら、

「あれ、いつごろだったかしら。いっときほど立てこんではいませんでしたけど、でも、まだ大勢お客さまがいらして、忙がしい最中でした。黒い外套《がいとう》を着て、濃いヴェールをかぶった女のひとが……」

黒い外套に濃いヴェール――？　等々力警部と糟谷六助は思わずはっと顔を見合わせる。

「なるほど、なるほど、黒い外套にヴェールだね。でその女がどうしたんだね」

「ええ、その女のひとが入って来て、そこにいるひとの前に座ったんです。で、あたしす

ぐ注文をお伺いにいったんですが、何もいらないからとおっしゃって……」

「何もいらない、……と、言ったんだね。すると、こっちのコーヒー茶碗はその女のために出したんじゃないのか」

「ちがいます。そのひと、何もおとりになりませんでしたもの。で、あたし自分の席へかえったんですが、しばらくして、そのブースの前を通りかかると、女のひとがテーブル越しに半身を乗り出して、何か熱心にそのひとと話していました。ええ、そのときこのひと、そこに死んでいる人と、ブースの背と壁との角にもたれるようにして、左手をテーブルの上においてましたわ。女のひとはその手の上に自分の手をおくようにして、何か小声で話していたんです。なんの話だか、あたしにもわかりませんでしたけれど……。それから、しばらくして女のひとは立ち上がると、じゃ、しばらく待っててね、すぐかえって来ますから……と、そういって出ていったんですが、そのとき、ふと見るとブースの中でそのひとと、新聞を持って……いまから考えると、あのときからこのひと、ずっと同じ姿勢で座っていたんですわ」

「なるほど、すると、新聞を持たせたのは、その女だということになるね。と、いうことはその女が……ああ、ちょうどいい、医者がやって来たようだ」

医者の調べはすぐ終わった。解剖の結果を見なければ、正確なことはいえないが、まず、青酸カリと見てまちがいないだろうと思う。……

「糟谷さん、これでもあなたはまだ、ヴェールの女の正体を言えないというのですか」

医者がかえったあとで、警部はきっと糟谷六助のほうを振り返ったのである。

三角ビルディング

よく外国の小説を見ると、あまりの心痛や恐怖のために、一晩のうちに、髪の毛が真っ白になったというようなことが書いてあるが、これは必ずしも戯作者流の狂言綺語《きご》ではないらしい。何よりの証拠が、この事件における糟谷六助である。

その翌日、京橋裏にある三角ビルへやって来た六助は、文字どおり、一晩のうちに頭髪が灰色になっていた。昨日まで、あれほど精力にみち溢《あふ》れていた顔つきも、まるでゴム風船の空気を抜いたようにげっそりやつれて、額には無残な皺が二、三条、深くえぐったように刻まれている。

さて、六助がやって来た三角ビルというのは、むろん、別にれっきとした名前があるのだが、地形の関係で建物全体が三角形をしているところから、俗に三角ビルでとおっている。戦争前は、三角ビル、別名、化け物屋敷と悪口をいわれたぐらいで、まことに、見すぼらしいビルディングであった。化け物屋敷というのは、このビルへ入る連中にろくなのがいなかったからである。たいていは新聞広告で客をつるような——それには何町何番地より、何々ビル内としたほうが、押しがきこうというところから、このビル内に根城をすえた——というような怪しげな、それでも名前だけはしかつめらしく何々商会だの、何々商事株式会社だのと、名乗るような連中ばかりであった。しかも、そういうイカサマ会社でさえも、不思議にこのビルへ入ると長つづきがしなかった。たちまち悪事露見に及んで御用となるとか、イカサマ商売、予想に反して不振をきわめて夜逃げをするとか、——むろん、こういう悪名天下にとどろいた以上、まともな商人が入るはずはなし、そこで、このビルは善悪両面から鬼門とされ、さてこそ化け物屋敷というあだ名がついたわけである。

ところが、戦後はこのビルディングも、だいぶ幅が利くようになった。と、いって以前にくらべて綺麗《きれい》になったというのではさらさらない。綺麗になるどころか、ボロボロ然たる風化作用は、いよいよますますビルディングの骨肉深く食いいって、さながらポーの小説にあるアッシャァ館さながらのていたらくだが、何よりの強みは、とにかく焼けのこったということである。

戦後はあらゆる建物が不足している。住宅も住宅だが、事務所の不足も大きい。三角ビルも、いまにも崩壊しそうな相貌《そうぼう》を呈しているが、とにかく壁も天井もついていることはついている。そこでたちまち、帝都一流のビルということになった。アッシャァ館でも、戦後の東京へ持ってくると、一流の建築物ということになるのである。

さて、世にも見すぼらしいこの一流ビルの、これはまた特別に見すぼらしい五階、すなわち最上階に、ちかごろ妙な事務所ができた。入口のドアの紙の上には――と、いうのはガラスがないから、紙が貼ってあるのである――映画のタイトルのような文字で、
金田《きんだ》一耕助《いちこうすけ》探偵事務所
糟谷六助が訪ねて来たのは、この探偵事務所の前だった。

何気なくドアをたたこうとしたが、うっかりたたくと紙を突き破るおそれがあるし、さりとて呼び鈴《りん》の設備もなし、はて、どうしようかというふうに思案をしていると、足音をきいたらしく、中からドアをひらいて、

「やあ、い、い、いらっしゃい」

と、口ごもりながら、にこにこ笑ったのは、年ごろ三十四、五の、髪の毛をもじゃもじゃにした、まことに貧相な小柄の男であった。おまけにこの男、ビルディングの住人には似合わしからぬ、よれよれの和服に袴《はかま》ときているから、六助はてっきり書生であろうと早合点した。それでも主人公に敬意を払って、できるだけていねいなことばで、

「金田一さんはいらっしゃいますか」

と、訊ねた。すると、もじゃもじゃ頭の、まるで蝙蝠《こうもり》みたいなかんじのする貧相な男はにこにこ笑って、

「え？　ええ、き、金田一さんならいらっしゃいますよ」

「ああ、そう、では、さきほどお電話をしておいた者が来たからと通じてください」

「いやあ、それならば通じなくともいいです」

と、もじゃもじゃ頭をもじゃもじゃとかきまわしながら、平然とうそぶいた。

「え？　どうしてですか。金田一さんは留守ですか」

「いや、いますよ。いますから通じなくてもいいです」

もじゃもじゃ頭の奇怪なことばに、さすがの六助もむっとしたように気色ばんだが、すると相手はにこにこ笑いながら、

「いま、あなたの前に立っているのが、その金田一さんですからな。はっはっは、さあ、どうぞお入りください」

糟谷六助は、失望のために、いっぺんにしぼんでしまった。この男が金田一耕助――？なるほど、この三角ビルの最上階の住人としては、まことにうってつけの人物であるが、その代わり自分がこれから依頼しようという事件には、どう考えてもうってつけとは思われなかった。六助はそのまま、踵《きびす》をかえして逃げ出したくなった。

しかしもじゃもじゃ頭の金田一探偵は平然たるものである。

「さあ、どうぞ、そちらへお掛けください。きたないところですが、まあ、御遠慮なく」

きたないことは主人公が断るまでもなかった。この部屋はいちばんすみにあるから、三角ビルの三角であることを身をもって如実に示している。部屋全体が三角になっていて、

おまけに天井も外へ向かってしだいに低くなっているから、まるで表現派のお芝居の舞台装置みたいであった。椅子やデスクが三角でないのが不思議なくらいだった。椅子やデスク、——さよう、この部屋にあるのは、二脚の椅子とデスクがひとつ、ほかに書棚がひとつあるきりである。もっとも、これ以上道具をおけば部屋の外へはみ出すおそれがある。

「さあさあ、御遠慮なくそちらの椅子へ」

耕助はしきりと御遠慮なくを繰り返しているが、客にしてみれば、遠慮したくて、足の裏がむずむずするのである。

「なかなか、これは、ええ、……芸術的な部屋ですな」

六助が仕方なしに苦笑をすると、

「すてきな部屋でしょう。ぼ、ぼくが沈思黙考するのには理想的な部屋でしょう」

と、耕助は調子にのってがりがり頭をかきまわしたが、そのとたん、白いふけが雪のように散乱したから、これには六助も辟易《へきえき》せざるをえなかった。いったい、この頭で何を沈思黙考するのだろうと思うと、心細さが身にしみて、それと同時に、自分にここへ来るようにと教えてくれた人を、呪い殺したくなった。耕助はしかし自信満々たるものである。

「ええ、糟谷さんでしたね。糟谷六助さん、エビス屋百貨店の——そうでしたね。で、御依頼の事件は、昨日の万引き殺人事件。——そうでしたね」

耕助の口調では、いやが応でも、相手に依頼させるつもりとみえる。

「ええ、まあ、そのつもりで来たんですがね。実は、新聞にはまだ出ておりませんが、そのあとで、また一つ、殺人事件が持ち上がりましてね」

耕助は急に大きく眼をみはった。

「また、ひとつ殺人事件――？　人殺しがあったのですか」

と、にわかにデスクから身を乗り出したから、こうなっては、いまさらあとへは引けなかった。そこで六助が気乗りうすながらも、いちぶしじゅうを話してきかせると、

「……で、そうなっては私も、それ以上黒蘭姫《くろらんひめ》、つまり万引き婦人ですね、そのひとの素性をかくしているわけには参りません。そこで警部の自動車に同乗して、そのひとの住居へ案内したというわけです」

六助はそこで沈痛な色をして唾《つば》をのんだ。耕助は無言のまま、まじまじと相手の顔を見つめている。こうしてまじめに謹聴しているところをみると、この男もまんざらではない。顔はともかく瞳《ひとみ》のなかに、英知のひらめきが見られるのである。

「ところが……」

しばらくたって、六助はまたことばをついだ。

「向こうへつくと当の婦人は留守でして……そこで父なるひとに会ったのですが、話をきくとその婦人は、昼過ぎに出かけたきりまだ帰らないという。おまけにその服装というのが黒い外套《がいとう》に黒いヴェール……こうなるといよいよいけません。警部の疑いはますます濃

くなってきます。そこで、とにかく、その婦人のかえりを待とうということになって、しばらく応接室で待っていたのですが、……すると、そこへ……」

「すると、そこへ……？　その婦人がかえって来たというわけですね」

六助の顔には骨を砕かれる苦痛にも似た鉛色の表情が現われた。ほとんど機械的ともいうべき、力ない動作でうなずきながら、

「そう、そこへ令嬢がかえって来ました。令嬢は何気なく応接室のドアをひらいたのですが、そのとたん、警部がスーッと立ち上がったんです。すると、それが令嬢の目に入ったのでしょう。顔色は濃いヴェールで見えませんでしたが、あっ——と、いうようなひくい叫びをもらすと、くらくらとよろめいて、そのとたん、手に持っていた、小さい手提げかばんを床の上にとり落としたのです。ところが……」

「ところが……？」

「ところが、そのはずみに、手提げかばんの口がひらいて、中からとび出したのが……」

「中からとび出したのが……？」

「血にそまった短刀……」

そこまでいうと六助は、いきをのみ両手で頭をかかえて、がっくりとうなだれてしまった。

耕助はぐいと眉をつりあげたが、そのままことばもなく、相手の様子を見つめている。

それから煙草に火をつけると、ゆっくり一服くゆらした。

「なるほど」

しばらくしてから、ポトリと雨垂れを落とすようにつぶやくと、

「それで、警部は令嬢を逮捕したのですか」

「いいえ、逮捕はできませんでした。令嬢はそのまま気を失って……精神錯乱というのですか、むろん一時的のものでしょうが……それで、いまのところ、逮捕はまぬがれているのです」

「なるほど、それであなたはこのぼくに何を期待していらっしゃるのですか。どうも血染めの短刀を所持していたというのじゃ……」

「いいえ、いいえ、それがまちがいなんです。そこに何かまちがいがあるにちがいないんです」

「まちがい……？　まちがいというと？」

「令嬢のそのときの様子では、百貨店で人殺しがあったことは知っていたにちがいないんです。でなければ、警部の姿を見て、あのように大きなショックをうけるはずがない。と、すれば、どうして途中で短刀を……もし、彼女が犯人とすれば……捨ててしまわなかったのです。それに、……それに、万引きしたあの品々はどうしたんです」

「万引きした品？　それがまだ出ないんですか」

「そう、警部は途中でしまつをしたんだろうと言いますが、それならば、血染めの短刀も同時にしまつするはずです。だから……だから、そこに何か大きなまちがい……あるいは真犯人のつくった罠《わな》があると思うんです」

　耕助はふいに椅子から立ち上がった。そして三角ビルの三角の部屋から、下の街路をぼんやりと見ていたが、急に六助のほうへ向き直ると、

「その贓品《ぞうひん》は、ひょっとすると、喫茶室で殺された宮武という男が持っていたんじゃありませんか」

「いいえ、宮武の所持品も、むろん入念に調べられたんですが、そんなものは出てこなかったようです」

　耕助はまた三角ビルの三角部屋から、ぼんやり外をながめていたが、急に気がついたように、

「時に、さきほど、電話があったときお願いしておきましたが、関係者一同の経歴を書いてきてくださったでしょうね」

　六助はポケットを探ると、力なく一枚の紙片を取り出して渡した。耕助はそれに目をとおしながら、

「ところで、糟谷さん、ここまで話してくださったのなら、ついでに令嬢の素性も打ち明けてくださいな。ここにもただ、黒蘭姫とだけしか書いてないが、これじゃちとどうも

……」

「やっぱりそれを言わなければいけませんか」

六助は力なく乾いた唇をなめながら、

「そのひととは、……いや、そのひとの父というひとは、すなわちエビス屋百貨店の社長なんです。ご存じかどうか、新野恭平といって、エビス屋百貨店の大株主……と、いうよりも、あれはほとんどあの人の個人事業みたいになっているんですが、問題の婦人は、その恭平氏の令嬢で、珠樹さんというんです」

「エビス屋百貨店の社長の令嬢……」

耕助は思わず目をみはった。それから、世にもうれしそうに、がりがりもじゃもじゃと蓬髪《ほうはつ》をかきまわしながら、

「す、す、すると、そ、そ、その令嬢は、いわば自分の店のものを、万引きしてたということになるんですな。と、と、ところであなたは、そ、その令嬢と、どういう関係あるんですか。単に社長の令嬢と、支配人というだけの関係ですか。はっはっは、かくしてもだめですよ。なるほど、なるほど、それで万事わかりました。なるほど、なるほど……」

何がなるほどかわからなかったが、耕助は関係者一同のメモを見ながら、しきりになるほどを連発していた。

二度来た女

糟谷六助の持ってきた、関係者一同の履歴書というのは、だいたい、つぎのようなものであった。ほんとうはもっと詳しいものであったが、ここには要領だけを書きとめておくことにしよう。

◎沢井啓吉
第一ノ被害者。三十三歳。大阪出身。神戸商大卒業後直チニ大阪支社入社、本年十月下旬東京本店ヘ転勤、三階主任トナル。
◎宮武謹二
第二ノ被害者。三十五歳。R大学卒業。昭和十年入社。同十八年応召。同二十年復員。本年初頭三階主任トナル。某不正事件ノタメ十月下旬解雇。
◎磯野アキ
三階十五号売リ子。二十五歳。T女学校卒。昭和十五年入社（紹介者糟谷六助）、同十八年ヨリ終戦マデ、軍需工場W兵器ヘ徴用。終戦後復帰。十五号売リ場主任トナル。
◎伏見順子

三階十五号売リ子。十八歳。S女学校中退。本年五月入社、三階十五号売リ子トナル。
◎柴崎珠江
三階十六号（婦人服部）売リ子。二十六歳。K洋裁学校卒業。昭和十五年入社。同十八年ヨリ終戦マデ、C被服工場へ徴用。終戦後復帰。十六号売リ場主任トナル。
◎新野珠樹
社長令嬢。二十五歳。T女学校卒業。W女子大卒業。戦争中ハ学校工場ニ勤務。盗癖アリ。時々エビス屋へ現ワレ万引キスルヲ楽シミトス。黒蘭姫ト呼バル。
◎糟谷六助
エビス屋百貨店支配人。三十六歳。T大学卒業、昭和九年入社、昭和十八年応召、同二十年復員。支配人トナル。新野珠樹ト婚約アリ。


大体以上のとおりである。

「なるほど、なるほど、なかなか要領を得ておりますな」

と、金田一耕助はうれしそうにガリガリ頭をかきまわしながら、

「ええ——と、ところでこれでみると、黒蘭姫、つまり新野珠樹さんと、磯野アキという子は、同じ女学校の卒業生ということになっておりますな。ああ、年も同いどしですね。すると、以前から知り合いということになりますか」

「そうなんです。実はそういう関係で、私が珠樹さんから頼まれて、店へ入れてやったというわけで……」

「あ、なるほど。すると入社後もあなたとは、特別の交渉があったわけですね」

「いや、そんなことはありません」

糟谷はなんの感情もなさそうに、

「珠樹さんに頼まれたとき、一度面談しましたが、そのとき、気質《きだて》のよさそうな娘だと思って、紹介してやっただけのことで、その後は特別、親しく口を利いたことなど一度もありません。実は今度、関係者一同の経歴をしらべてみるまでは、自分が紹介者だったことすら、忘れていたくらいのもので……」

「ああ、そう、しかし、珠樹さんとはどうでしょう。その後も友達としてつきあっているようでしたか」

「さあ、それもどうでしょうかねえ。珠樹さんもその後、あの子の名前を口にするようなことはなかったようですね。女学校時代の女の友情なんて、そんなものじゃないですか。なにしろ境遇がちがいすぎますからね」

「そういえばそうですね。社長令嬢と売り子じゃ、交際しようたってちとむずかしいかもしれない。戦争中は軍需工場へ勤務していたんですね。ああ、この柴崎珠江という娘、この子も被服工場へ勤務していたんですね」

「そうらしいですね。私も今度はじめて知ったのだが……何しろ、戦争中は猫も杓子《しゃくし》も狩り出されたんですから、若い、独身の娘は、みんなどこかへ徴用されていますよ」

「珠樹さんはしかし、学校工場があったので、うまくのがれたというわけですね。はっはっは、こんなところにも、金持ちのお嬢さんと、貧乏人の娘とじゃ、区別がつくんですかね」

「まさか、そんなことはないでしょう」

糟谷はちょっといやな顔をした。

「学校工場だって、楽だったわけじゃありませんよ。そうそう、女子大にも爆弾が落ちて、珠樹さんなども生埋めになったことがあるそうです」

「はっはっは、婚約者だけあって弁解しますね。いや、いいですよ、いいですよ。ときに伏見順子という娘、この子も戦争中はどこかへ徴用されていたんでしょうな」

「さあ」

糟谷はあきれたように耕助の顔を見て、

「そこまでは調べてこなかったが……なんですか、今度の事件に、徴用のことが関係があるというんですか」

「いや、そういうわけじゃありませんが、ちょっと訊《たず》ねて見たんです。さて……と、現場へ赴く前に、一度珠樹さんにあってみたいのだが……だめですかな」

「それはたぶん、だめでしょうね。私もここへ来る前に寄ってみたんですが、まだ昏睡《こんすい》状態のようで……それに昏睡からさめたらすぐにでも訊問《じんもん》をするために、警察のひとが張り込んでいますから、とても余人には会わすまいと思いますよ」

「ああ、そう、それは残念ですね。珠樹さんがどうして血に染んだ短刀を持っていたか……あのひとが犯人でないとしたらそこに何かまちがいがあったんでしょうがねえ。珠樹さんに話ができたら、その間の消息もわかると思うんだが、まあ、仕方がない。それじゃともかく、現場へいってみましょうか」

正直のところ、糟谷六助は、この貧弱な探偵に対して、すっかり幻滅を感じていた。この怪しげな三角ビルの、この貧弱きわまる三角事務所に、いかにもふさわしいところのこの貧弱青年に、果たして何ができるだろうかと思うと、同行するさえ気が引けるような気がする。しかしこれは自ら求めてとびこんできた罠《わな》みたいなものだから、いまさらいやというわけにはいかない。

「じゃ、御案内しましょう」

と、しぶしぶ同意せざるを得なかった。

耕助の巣食っているこの三角ビルは、実際、怪しげな建物だが、それでも場所だけは銀座裏だから、エビス屋百貨店ともそう遠くはない。歩いて十分足らずの距離である。

百貨店へつくと、

「すぐ三階へいきますか」

と、糟谷が訊ねるのを、

「そうですね。いや、その前に七階へいってみましょう。喫茶室の連中、みんな来ているでしょうねえ」

「さあ、たぶん、来ていると思いますがね」

いいあんばいに、喫茶室の連中はみんな来ていた。少女たちは昨日の事件で、おびえているのだけれど、休むと変に疑われやしないかという懸念と、それにその後の成行きに対する好奇心も手伝っているのだ。案外元気で立ち働いていた。喫茶室も昨日の事件で、客が落ちるどころか、かえって大繁盛である。テーブルもブースもあらかたふさがって、少女たちは、あちらからも、こちらからもひっぱりだこであった。

「ええ、そう、そこのブースよ。そこであのひと、新聞をひろげていたのよ。その新聞で顔が見えないものだから、あたしたちちっとも気がつかなかったの」

さすがに、問題のブースだけはあいている。

「でもねえ、それがあまり静かなものだから、……ええ、もうずいぶん長いこと、ちっとも身動きしないのでしょう。そこであたしが変に思ってよくよく見ると、どうでしょう、新聞がさかさなんですもの。あのときは気味が悪かったわ。綾子さんもあたしもふるえあがったのよ。ねえ」

「ええ、そうよ、そしたらそこへマダムが出ていらして……」

綾子も清子も、今朝から何べん同じことを繰りかえしたかわからない。繰りかえしているうちに、話がしだいに上手になって、二人ともかなり得意になっていた。

「フーン。それで、マダムが新聞をとってみたんだね」

客の一人が訊ねている。

「ええ、そう、もうカンバンだというのにいつまでも動かないのでしょう。それでマダムが声をかけたんですが、返事がないものだから……」

「そこのブース？　そのブースなんだね。そしてそれ、昨夜の八時ごろのことなんだね」

そのときふと、横から口を出したのは、この喫茶室の定連で、六階にある商事会社へつとめている男であった。

「ええ、そうよ、川崎さん、ああ、そうそう、川崎さんは昨夜もいらしたわね。そのひとをおぼえていて？」

「いや、顔はおぼえていないね。いまから思えばその男、妙に人眼を避けるような格好だったよ。うん、はじめは、一人だったよ。一人でコーヒーをとって、新聞を読んでいた。その新聞で顔をかくすようにしていたんだ。すると、そこへ女が入って来ていっしょになった……」

「あら、あなた、それを覚えていらっしゃる、どんな女のひと？」

「いや、このほうも顔は見えなかったね。黒いヴェールをかぶっていたから。……ところで、その女が男の前へ腰をおろすと男は改めて、コーヒーを二つ注文したよ。そうだ、たしか君だったよ。空のコーヒー茶碗《ちゃわん》を片付けて、新しくコーヒーを二つ持って来たのは？」

「そうだったかしら。あたしすっかり忘れているのよ。何しろいちばん忙がしいときだったから。……そうそう、そういえば伝票には、コーヒー三つと出ているのよ。じゃ、男のひとが二杯のんだわけね」

川崎というのが指さしたのは綾子のほうだった。

「そうだ、そしてあとのほうへだれかが青酸カリをほうりこんだわけだね」

「だれかがって、ヴェールの女にきまってるわ。するとあのひと、いったんここを出ていって、また引き返して来たのね。だって、あたし、そのひとの入って来たのをおぼえてるんですもの。そして、そのときには、コーヒーなんか出しゃしなかったもの」

「うん、何か大切なものを忘れていったんだね。それが見付かると、すぐ足のつきそうな、重大な証拠を忘れていったんだ。それで、そいつを取り返しに来たんだよ」

「そうかも知れないわ。でも、ずいぶん大胆な女ね。もし、そのときまでに、殺されてることがわかっていたら、どうするつもりだったんでしょう」

「だからさ、いのちがけで引き返して来たんだ。よほど大事な忘れものにちがいないよ」

金田一耕助が糟谷六助に案内されて、この喫茶室へ入って来たのは、ちょうどそのときだった。そしてかれが、川崎という新しい証人を得たことは、事件解決にたいへん有効であった。かれはヴェールの女が二度やって来たということについて、非常に興味をかんじたらしく、川崎という男をつかまえて、根掘り葉掘り質問していたが、しかし、その男も右に述べた事柄以上、別に変わったことにも気がついていなかった。

「ええ、そう、ヴェールの女が入って来てコーヒーを二つとって、それから二人ともテーブルの上に身を乗り出すようにして、低声で何か話していましたが、それからどうしたか、僕もよく知りません。間もなく僕はここを出ていったんですから。ええ、そのときには二人とも、まだここにいましたよ」

「いや、ありがとう、そのことは警察の連中にも、よく話しておいたほうがいいでしょう」

耕助はそれから、マダムをはじめ綾子や清子をつかまえて、いろんなことを訊ねていたが、別に新しい発見もなかったので、改めて第一の現場へ出向いていった。

幻の婦人

三階の十五号売り場付近は、さすがにがらんとして、事件のあったあとの無気味さが漂うている。物珍しげに三階へあがって来る客は多かったが、問題の貴金属売り場へちかづいて来るものはさすがになかった。ただ遠巻きに、昨日三階主任が兇手《きょうしゅ》に斃《たお》れたあたりを指さしながら、ヒソヒソ話をしているばかり。床の血はもちろん綺麗《きれい》にふきとられていたが、それでも、何となくうすら寒いものがかんじられた。

いったい、こういうばあいの野次馬は、何を期待しているのだろう。ただ、現場を見るためだけならば、見てしまえば、立ち去ってもよさそうなものだが、多くのひとびとはそれだけでは満足できないらしい。朝から二、三時間も、用もないのに三階をうろついている連中がある。なかにはあきらめたようにいったん階下へおりていくが、またしばらくすると、未練ありげに引き返して来るのもある。

そういう連中の心のなかには、何かしら漠然とした期待があるらしい。昨日、あれだけの大事件があった以上、今日も何か起こらぬはずがない。……そういう理屈にならぬ理屈から、かれらはいつまでも、その場を立ち去りかねているのであった。

十五号売り場の二人の売り子にとっては、そういう好奇的な眼でジロジロ見られるのが、このうえもなく苦痛のようであった。この二人もまた、七階の少女と同じように休みたいのはヤマヤマだったが、休むと変にとられるのが恐ろしくて、無理に出勤しているのだろう。磯野アキも伏見順子も、青ざめた顔をこわばらせて、朝からほとんど口を利かなかった。

それにくらべると、隣の売り場の柴崎珠江は、いくらか気分も楽なのである。それにこの売り場にはおりおり客もあったから、それらの応待をしていると、気持ちもいくぶん救われる。もっとも、その日、婦人服売り場へ近づいて来る客というのは、ほとんどが好奇心からつり出されて来た連中だった。

「お隣の売り場なのねえ。まあ、なんて怖いことでしょう。あなたも、それを御覧になって？」

そんなことを露骨に訊《たず》ねる客もある。

「でも、あなたはまだいいわ。こちらの客じゃなかったんですもの。お隣の売り場のかた、どんなに怖かったでしょうね」

よけいな慰めを言っていく客もある。それらに対して、珠江はただあいまいに笑っているだけだ。よけいなことを言ってはならぬと、警察から固くとめられているからである。

昼過ぎにまた等々力警部がやって来た。そして、かれらはまた、ひとりひとり階下の事務室へ呼び出されて、同じようなことを何度となく訊ねられた。

それがすむと、今度はまた、支配人の糟谷六助が、金田一耕助という変な男をつれて来た。耕助もまた、かわるがわる三人をつかまえて、同じようなことを訊ねるので正直のところ三人とも、うんざりとした気持ちだった。耕助は訊《き》くだけのことを訊くと、わざわざ売り場のなかへ入って、

「なるほど、なるほど、するとあんたが……」

と、伏見順子をつかまえて、

「そこにいると、ヴェールの女がやって来たというんですね。そして、あなたはそのとき、あいにく売り場をはなれていたんですね」

「ええ、御不浄へいってたもんですから……」

磯野アキは唇をかんだ。いったい昨夜から、何べん同じことを訊かれるのだろうといった顔色だ。色の白い、皮膚の薄い体質で、血管が透けて見えそうなほど繊細なかんじだ。

「あたしがいたら、あんなことにはならなかったろうと思うと、昨夜もろくに眠れなくって……こちら、伏見さんはまだ新しいので、何もご存じなかったものですから」

「つまり、それが主任さんの不運だったんですね。ところで、問題のヴェールの女ですがね、あなたはその女をご存じじゃありませんか」

磯野アキはそっと糟谷のほうを見た。それから薄く頰をそめながら、

「いいえ、ちっとも……ただ、あの方が見えたら、見て見ぬふりをしているようにと主任さんから言いつかっているだけで、どういう方かちっとも存じません。いつも濃いヴェールで、顔をかくしていらっしゃるものですから……」

「なるほど、……と、ところでですね。ちかごろだれかその女、つまり黒蘭姫《くろらんひめ》ですね。その黒蘭姫でない女が、ヴェールで顔をかくして黒蘭姫になりすまし、万引きを働いていた

という疑いがあるんですが、あなたはそういうことに気がつきませんでしたか」

「さあ……」

磯野アキはちょっと目をみはったが、すぐ首を左右へふって、

「そういうこと、一向気がつきませんでした」

「ああ、そう、いや、ありがとう」

耕助の取り調べはそれで終わったらしく、間もなく糟谷をうながして、三階から下へおりていった。あと見送って伏見順子は不思議そうに、

「磯野さん、あれ、なに、警察の人のようじゃないわね」

「そうね」

アキは気のなさそうな返事だった。

「ひょっとするとあの人、私立探偵というような人じゃない？」

「そうかしら」

「きっとそうよ。支配人が頼んで来たのよきっと。見たところもっさりした人だけど、あれでえらいのかもしれないわ。だって目付きがちがってたわ。あの人、何か見つけたのかしら」

「伏見さん」

「なあに」

「その話、もうよしましょう。あたし、考えるだけでも頭が痛くなりそうよ」

「そうね、あなた、ほんとうにお顔の色が悪いわよ」

「ええ、昨夜眠れなかったもんだから」

「あたしだって、眠れなかったわ。あなたはまだあの現場を見ていらっしゃらないのだからいいけれど、あたしは目の前に見たんでしょう！　あの瞬間を。……あたし、それを思い出すと……」

「伏見さん！」

磯野アキが鋭い声で言った。それから訴えるように、

「もう、よしましょう。その話、ね、後生だから……」

「ええ」

順子もすなおにうなずいた。そして、そのまま黙りこんでしまった。

三階へは相変わらず、人が出たり入ったりする。そして、遠くのほうから、十五号売り場を指さしてはヒソヒソ話を交わしている。磯野アキには、それがたえがたい苦痛らしく、顔の色がいよいよ悪くなってくる。伏見順子も下唇をつき出して、

「いやあねえ。見世物じゃあるまいし。……だれか、あの野次馬を追っ払ってくれないかしら」

と、いまいましそうに舌打ちしたが、そのときだった。十五号売り場のほうへ、コッコ

ッとちかづいて来るものがある。その足音にふと振り返った伏見順子は、突然、大きく眼をみはった。そして、はげしい息遣いをした。

「磯野さん、あれを……あの人を……」

磯野アキも顔をあげてそのひとを見た。と同時に、これまた紙のように真っ白になった。近づいて来たのはヴェールの女である。黒い外套《がいとう》に黒いヴェール。そして皮の手袋をはめている。

ヴェールの女は、十五号売り場のケースの前に立止まると、

「あれを……」

と、つぶやくように低い声で言って、硝子《ガラス》のなかを指さした。

そのとたんなのである。伏見順子が狂気のように叫び出したのは。

「だれか来て……このひとです、このひとです、昨日主任さんを殺したのは……ええ、あたし見覚えがあるんです。外套の右のスリーヴに、かすかな織りむらがあるんです。この人です、この人です。主任さんを殺したのはこの人です」

順子の声がとぎれると、一瞬、三階は氷のような静けさにとざされた。まったく北極の静けさだ。骨をさすような寒気のなかの沈黙だ。そして、三階に居合わせた人という人がことごとく、活人画中の人物のように凍りついてしまった。

ヴェールの女は冷然として、ケースの前に立っている。伏見順子はいまにも逃げ出しそ

うに、上半身をうしろへ反らしながら、それでいて、その場に釘《くぎ》づけになったように突っ立っている。磯野アキはまったく血の気をうしなっていた。目ばかり大きくみひらいて、しかもその目は、どこか気がふれたようにギラギラ光っていた。

ふいに隣の売り場から、柴崎珠江が蛇のようにするすると、十五号売り場のなかへ入って来た。そして、遠くのほうからおびえたように、ヴェールの女をながめていたが、

「あっ、この外套は……このオーヴァは……」

これまた気がふれたような声をあげた。

そのときである。突然、磯野アキがさっと身をひるがえした。十五号売り場から隣の婦人服部をぬけて、従業員専用の階段のほうへ走っていった。なぜ、彼女がそんなほうへ走っていったのかだれにもわからなかった。伏見順子と柴崎珠江はあっけにとられたようにそのうしろ姿を見送っていた。ヴェールの女は相変わらず、冷然として、ケースの向こうに立っている。

磯野アキは裏階段の上まで走って来たが、そこではじかれたように、二、三歩うしろへとびのいた。

「どちら へ……?」

階段の途中に立って、にこにこ笑っているのは金田一耕助である。そのうしろには糟谷六助が、大きく眼をみはっている。何かしら、信じられぬものを見たという目付きである。

二人の姿を見たとたん、磯野アキの顔はおそろしく歪《ゆが》んだ。いまにも押しつぶされそうな顔だった。それから二、三度はげしく肩で息をしたが、突然、ポケットへ手を入れた。

「あっ、待て！」

耕助はひと息に階段をとびあがった。もしかれが、もう一瞬おくれていたら、磯野アキの手はポケットから口へ運ばれていたにちがいない。その手には、小さなカプセルが五つ六つ握られていた。

「たぶん青酸カリだと思います。大事な証拠ですからしまっておいてください」

等々力警部が別の階段からあがって来た。

「それじゃ、昨日のヴェールの女は……」

「そうです。この磯野アキです。柴崎さん、柴崎さん」

「はあ……」

柴崎珠江は真っ青になっておどおどしている。おどおどしながら、それでもそばへ近づいて来た。

「あなたはあのヴェールの女が、いま着ている外套に見覚えがあるでしょうね」

「はあ、あの、あれ、お客様の御注文で、こちらでこさえたものでございます。この間じゅうから、ほら、この裏にあるマネキン人形に着せてあったもので……」

ヴェールの女が近づいて来た。

「あの、これでよろしいのでございましょうか」

「やあ、御苦労さま、おかげでうまくいきましたよ。さあ、ヴェールをとってください」

ヴェールの女はヴェールをとった。それは七階の喫茶室のマダムであった。そのとたん、等々力警部に腕をとられていた磯野アキが、気をうしなって死魚のように床に倒れた。

火の気のないデパートの三階は、氷のように冷たかった。

悲劇の顚末

「問題は珠樹さんと磯野アキの境遇の差、それから来る不満、不平、相手に対する反感、そういうところに根ざしているのだろうと思いますね」

三角ビルの三角事務所は、相変らずきたならしい。しかし、今日はそこに珍しく、美しい客があるので、なんとなく、霜枯れの花壇に花が咲いたようであった。美しい客というのはほかでもない、糟谷六助に連れられて来た新野珠樹であった。

「珠樹さんも美しい。しかし、磯野アキも負けず劣らず美しい。学生時代はおそらくクラスの双璧《そうへき》だったろうと思いますね。ところがいっぽうは社長の令嬢であり、一方は哀れな売り子である。磯野アキはそういう運命の不公平に対して、反感を持たずにいられなかったのでしょう。そこへ持ってきて、さらに彼女の憎しみをあおったのは、糟谷さん、あなたと珠樹さんの婚約だ。磯野アキは、おそらくあなたに想いを寄せていたんでしょう。いや、お二人を前において、こんなことをいうのはなんだが、あなたは妙に女店員に人気があるようですな。はっはっは。いや、磯野アキだって、具体的に、あなたと結婚したいなどとは考えていなかったんだろうが、漠然としたあこがれを持っていた。ところがそのあこがれの対象が、むかしの自分の競争者、現在の憎悪の的の珠樹さんと結婚しようというのだから、いよいよ心平かでない。だが、ただそれだけならば、目に見えない彼女の嫉妬《しっと》、埋もれた憎しみとしてそのまま葬られ、また、いつかそういう感情も忘れられるか、冷却していくかしたにちがいないが、不幸にも彼女はそういうさなかに、黒蘭姫《くろらんひめ》の正体を知った。さあそうなると、彼女の珠樹さんに対する憎しみは、いよいよはげしく燃えあがったんですね。社長の令嬢であるがゆえに、万引きの罪も許される。それのみならず、糟谷さんはそういう盗癖を承知のうえで、妻にしようとしている。それに反して、一売り子に過ぎない自分には、だれ一人顧みてくれるものはない。……磯野アキは不幸せな性質をもっていたんですね。非常に強い自我意識、そして、だれも認めてくれないところに、彼女の大きな不幸があったわけです。よし、珠樹さんが万引きをして許されるくらいなら、自分だってやって悪いわけはない。……つまりそれは欲得ずくよりも、珠樹さんに対する、ひそかな復讐《ふくしゅう》だったにちがいない。そこで、偽の黒蘭姫が出現する羽目になったのですね」

珠樹さんは暗い顔をしてうなずいた。恐ろしい殺人の嫌疑をまぬがれた彼女であったが、自分のあさましい習癖のために、一人の女をこのような罪悪に追いこんだかと思うと、彼女の心は泥沼のなかへひきずりこまれるのである。

「なるほど、ところがそれを、三階主任の宮武謹二に感づかれて、脅迫されていたんですね」

「そうです、そうです、宮武はあなたから黒蘭姫に偽物があることを注意されて、気をつけているうちに、それが磯野アキであることに気がついた。そこで、磯野アキを脅迫しているうちに、恐らく彼女の口から、本物の黒蘭姫の正体をきかされた。そこで今度は珠樹さんを脅迫にかかった。つまり一石二鳥、ヴェールの女の万引き事件で、あいつは磯野アキと珠樹さんを同時に脅迫にかかったのですよ」

珠樹は自責の念にたえかねて、顔をあげることすらできなかった。耕助はことばをつづけて、

「さて、いよいよ、あの事件の日のことですが、磯野アキは御不浄へ行くと称して、従業員専用の階段をおりる。ところが、その階段のちょうど側《そば》には、婦人服の工房があって、マネキン人形が、仕立上がりの洋服を着て立っている。その中に黒い外套のあることを彼女は前からよく知っていた。黒蘭姫の着ている外套と、たいへんよく似た外套である。彼女はそれを着、顔をヴェールで包んで……このヴェールや帽子は、やはり婦人服部のどこかにかくしてあったにちがいない。……で、すっかり黒蘭姫になりすまし、二階へおりる

と、そこから改めて、お客用の階段をあがって来たんですね。ところが、そこであの日の彼女が誤算していたのは、三階の主任が新米であること、また伏見順子も新参者で、ともに黒蘭姫の消息に通じていなかったこと。……それらのことをつい失念していたんです。いつものとおり、万引きをしても、そのまま見逃してもらえると思っていた。そこを思いがけなくつかまった。そして危うく顔を見られそうになった。顔を見られたら万事休すですから、そこであるあいう、デスペレートな行動に出たわけです」

「そして、そのことを知られたくないから、宮武謹二を殺したのですね」

「そうです、そうです、偽の黒蘭姫が磯野アキであることを知ってるのは、宮武謹二以外にはない。そこでこれを殺してしまったんです。恐らくあの日、宮武はあそこで贓品《ぞうひん》を受け取るつもりだったんでしょう。人殺しさえなかったら、磯野アキも素直に贓品を渡し、いつまでも脅迫され続けていたでしょうが、あの殺人のことがあるから相手を生かしてはおけなくなった。それに第一の殺人が彼女を非常に兇暴にし、また、大胆にもしたのですね、で、一服盛って立ち去ったあとへ、今度は珠樹さん、あなたが来られたというわけです」

珠樹はいまさらのように身ぶるいしながら、

「ええ、あの日、あたし差し出し人不明の手紙を受け取ったのです。それによると、あの時刻、あそこへ金を持って来い、でないと、黒蘭姫の秘密を公表すると……そんなことが書いてありましたので……」

「出向いたところが、相手が死んでいたので、びっくりして逃げ出したというわけですね。ところで、あの短刀ですがね、あれはどうしてあなたの手提げかばんの中へ入っていたのですか」

「それはこうです。デパートから飛び出したところが、暗闇の中で、だれかにぶつかったのです。その拍子にかばんを落としたのですが、すると相手の人がかばんをひろって、わたしてくれました。短刀を入れられたとすると、そのときよりほかにないと思います。なにしろ、あたしは動転していましたから、かばんを受けとると、そのまま、無我夢中で駆けだして……」

「なるほど、すると磯野アキは、宮武に一服盛って逃げる途中、あなたのやって来るのを見つけたんですね。そこでこれ究竟《くっきょう》と待ち伏せしていて、そういう細工をしたんですね」

三人はそこでしばらく黙りこんでいたが、やがて糟谷六助が思い出したようにこう訊《たず》ねた。

「ところで、あなたは最初から、磯野アキに目をつけていたんですか」

「さあ……ね」

と、金田一耕助はにこにこしながら、

「そこのところは、自分でもよくわからないんですが、あの女が事件のあったとき、売り場をはなれていたというのを、ちょっと臭いとは思いましたね。それからあの青酸カリ……いまは物騒な時代ですが、青酸カリなんて危険な薬をだれでも彼でも持っているわけのものではない。ところが、つい最近、某軍需工場では、終戦前に工員たちに青酸カリを手渡して、いざとなったら、これで自決するように命じたというような記事を新聞で読んだことがあるので、あるいは磯野アキのつとめていたW兵器でも、そういうことがなかったかと思ったんです。磯野アキはああいう思い切ったところのある女ですから、黒蘭姫の身代わりをつとめるようになって以来、いざというときの用意につねに持っていたんですね」

とつぜん、珠樹がはげしくしゃくりあげた。

「磯野さんは気の毒です。きけば警察で発狂したということですわ。罪はみんな、みんなあたしにあるのに」

「そう、あなたがもし、そうお考えになるのなら、今後強い自制心で、あの習癖を改めなければいけません」

珠樹はしゃくりあげながら、何度も何度もうなずいた。その肩を、糟谷が優しくなでている。

耕助がつと立って、窓のそばへ寄ってみると銀座裏の焼跡に、いま、わびしく時雨が降っている。珠樹の涙のように、そして磯野アキのすすり泣きのように。

香水心中

1

「さあ、これからが大変なんですから、金田一先生も警部さんもそのつもりでいてくださいよ」

まえの運転台から上原省三が声をかけたのは、もうそろそろ自動車が熊《くま》の平《たいら》へさしかかろうというころだった。

金田《きんだ》一耕助《いちこうすけ》はさっきからうつりかわる窓外の景色をたのしみながら、ものめずらしそうに等々力《とどろき》警部と打ち興じていたが、とつぜんまえの席から話の腰を折られて、

「上原さん、これからが大変とは……」

と、そちらのほうへむきなおった。

「いいえね、目下熊の平と軽井沢間の国道を修理中なんです。だから、ある個所では一方交通が励行されていて、そうでなくともくるまが輻湊《ふくそう》してるところへもってきて、さっきもお話ししたように、信越線が不通になっていて、熊の平からさきはバス連絡だという話でしょう。だから、相当混雑してるだろうと思うんですよ。あっ、こん畜生ッ！」

省三はそんな話をしながらも、むこうからくる大型トラックをよけるのに神経をとがらせている。

金田一耕助はそのトラックが地ひびきを立てていきすぎるのを見送りながら、

「上原さん、ぼくもさっきからおどろいてるんですが、この国道、思いのほかの交通量ですね」

「ええ、なんしろ、一日平均千二百台だっていいますからね」

「千二百台……？　そいつはすごいな」

と、等々力警部がそばからあいづちをうつ。

「それというのが、信越線てえのがいまとなっては半身不随みたいなもんだそうで、とても需要に応じきれないんですね。で、そこからはみ出した貨物がみんな、トラックでこの国道をつっ走るってわけで……そら、またやってきやあがった」

ちょうどそこは道路が鋭角にするどく屈折しているところで、しかもいっぽうは突きおとしたような千仞《せんじん》の谷だから、無事に大型トラックとすれちがったとき、

「こりゃまったく大変だな」

と、等々力警部はおもわずつぶやいた。

「金田一先生や警部さんは、この道はじめてですか」

「はあ、軽井沢は二、三度きたことがありますが、いつも汽車ですから……」

「上原さん、熊の平と軽井沢間の不通個所というのはひどいんですか」

と、これは等々力警部の質問である。

「はあ、なんでも……」

と、ハンドルを握った省三は前方にひとみをすえたまま、

「復旧までにはこんやいっぱいかかるそうです。けさ軽井沢からかかってきた電話によると、ゆうべ真夜中に猛烈な雷雨があったそうで、その際、国道の一部が大きく崖《がけ》くずれしちゃって、二十一号だか二号だかのトンネルの入り口あたりで線路がうまっちゃったんですね。それで、金田一先生にご迷惑がかかっちゃいけないから、ぜひ自動車でご案内するようにって、社長からの命令なんです」

「いや、どうも恐縮ですね」

「なあに、ぼくは毎週土曜日にはこうして社長のところへお伺いしてるんですから、おんなじこってすがね」

　こうして話をしているあいだも、むこうからひっきりなしにトラックやバス、自家用車やハイヤーがやってきて、あまり広くもない道をすれちがっていくし、また羊腸とまがりくねった道をふりかえると、背後にもぞくぞくと自動車がつづいているのが、落葉松《からまつ》林のあいだから俯瞰《ふかん》される。

　時刻は午後四時三十分。

　自動車は碓氷峠《うすいとうげ》のふところふかく、いままさに熊の平へはいろうとしていて、さわやかな高原の冷気が膚にこころよい。たった三時間まえのうだるような東京の暑さが、まるで

うそのようである。

自動車が徐行しているので、窓外にひろがる落葉松、赤松、シラカバなどの林のあいだから、さまざまな鳥の声が窓からとびこんでくるのも耳にたのしい。

金田一耕助はいま、化粧品会社『トキワ商会』の女社長、常磐松代《ときわまつよ》氏のせつなる懇請によって、常磐家が軽井沢にもっている山荘へおもむく途中なのである。

かれはまだこの有名な化粧品会社の社長に会ったことはいちどもない。

しかし、こんど彼女から軽井沢出張を懇請されたについて、紳士録をしらべてみると、明治二十二年うまれとあるから、常磐松代はかぞえどしでことし七十。

彼女は化粧品会社『トキワ商会』の創始者、常磐松蔵氏のひとり娘にうまれた。

常磐松蔵氏というのは、いわゆる立志伝中のひとである。

金田一耕助もわかいころなにかの雑誌でそのひとの立身出世物語を読んだことがあるが、かれの記憶にしてあやまりがなければ、松蔵氏は大道の露店商人からたたきあげたひとで、明治の後期にトキワ白粉《おしろい》の製造販売をはじめたのが、こんにちの『トキワ商会』の大をなす第一歩だった。『トキワ商会』はいま化粧品界に君臨しているといわれ、『トキワ』の名を冠した化粧料は十指にあまり、それぞれの分野において品質、売れ行きともに第一人者の地歩をしめているが、とりわけ有名なのは『トキワ香水』である。『トキワ香水』には三十幾つの種類があるが、戦後国内から外国香水を駆逐したばかりか、ぎゃくにどんどん欧米へ輸出されているという。したがって、げんざいの『トキワ商会』は、香水王国と異名されるくらいである。

この香水の研究をはじめたのは二代目社長松代だが、彼女はまえにもいったとおり初代社長松蔵氏のひとり娘である。

明治三十九年、すなわちかぞえどしで十八のとき、松代はいたって平凡な結婚をした。婿養子にむかえた上原竜吉《うえはらりゅうきち》というのは、『トキワ商会』の小僧あがりの店員だった。

しかし、この竜吉というひとは、松代に常磐家の血統をのこさせるためにこの世にうまれてきたひとのようで、彼女に二男一女をうませるとまもなく他界してしまった。

松代は明治四十一年と四十三年に長男と次男をもうけ、またなか一年おいた四十五年の春、一女をうんだが、その翌年の大正二年に夫と死別したのである。すなわち、彼女はかぞえどし二十五歳というわかさで、三児をかかえた未亡人となったのだが、以来二度と結婚しようとはせず、母とともに父を助けて、この事業に全生涯をかけたのである。

人生の初期において夫の死という悲劇に直面した彼女は、生涯肉親の不幸になやまされつづけた。長男の松太郎も次男の松次郎もあいついで戦争で死亡し、ひとり娘松江の婿の川崎源太さえ、戦争末期に広島で原爆の厄にあって死亡した。しかも、その配偶者たちもつぎつぎと夫のあとを追って死んでいったので、ことし七十歳の松代には、ひとりの子供もなければ、ひとりの婿もなかった。

ただ、不幸中のさいわいともいうべきは、三人の子供たちがひとりずつ、この世に子供をのこしていったことである。

すなわち、長男松太郎の遺児松樹《まつき》二十六歳、次男松次郎のわすれがたみ松彦《まつひこ》二十四歳、それからひとり娘松江ののこしていった松子二十一歳（注、年齢はすべてかぞえ年である）と、この三人に香水王国『トキワ商会』の将来は託され、松代社長の希望もすべて、この三人のうえにつながっているのである。

松代は肉親の不幸にあうたびに鍛えられて強くなった。昭和十二年初代社長が死亡すると、すぐそのあとを襲って二代目社長に就任した彼女は、そのまえから着手していた香水の研究にますます拍車をかけた。しかし、こと志とちがって、戦争が苛烈《かれつ》になっていくにしたがって、松代の事業はしだいに不振におちいっていった。

世はまさに軍歌とモンペ時代、口紅の色がちょっと濃くても世間からにらまれるという時代であった。ましてや、香水どころのさわぎではない。しかも、彼女はそのあいだに母と三人の愛児をうしなっている。いや、三人の愛児のみならず、三人の愛児の配偶者たちもそれと前後して死亡している。

しかし、松代は屈しなかった。

さいわい、『トキワ石鹼《せっけん》』と『トキワ歯磨』によって事業の命脈をつないできた彼女は、戦争中も不自由をしのんで香水の研究をやめなかった。結局、それがものをいって、戦後十三年、彼女はついに化粧品界に君臨すると同時に、香水王国の女王とのしあがったのである。

彼女が手もとにひきとって養育した三人の孫たち、松樹、松彦、松子たちも出来のわるいほうではない。

むろん、かれらは『トキワ商会』の創始者、松蔵氏からかぞえてすでに四代目にあたっており、初代や二代目のなめてきた苦労はしらないし、かてくわえてかれらの育った時代というのが、戦後というむやみに開放的な時代だから、昔かたぎの松代をしてまゆをひそめさせるような振る舞いも、ままなきにしもあらずだけれど、この程度ならまあいいほうだろうと、松代もだいたいにおいて満足している。

それに、彼女がもうひとり希望を託しているのが上原省三である。省三は松代の亡夫竜吉の兄の孫で、したがって、松樹たち三人のいとことはふたいとこに当たっていて、年齢は三十である。

省三がまた肉親の縁のうすい青年で、幼時両親をうしなって以来、松代にひきとられて、その手もとで薫陶《くんとう》をうけてそだった。かれは年齢に似合わずおだやかで、ものわかりもよく、また分別にとんだ青年で、偉大な大叔母《おおおば》を心の底から尊敬している。

したがって、いっしょに育った三人のふたいとこたちにたいしても、いつも一目おいており、じぶんのほうが年長だからといって、また松代から絶大な信頼をこうむっているからといって、けっして慢ずるふうもなく、おおげさにいえば三人にたいしていつも臣事の礼をとっていた。

だから、年老いた松代は、いつも心のなかでつぶやくのである。

正系の松樹はすこし人間がかたすぎるし、万事にこまかすぎて包容力に欠けるようだが、そのかわり間違いがなくていいかもしれない。

松子は女のことだし、右むけといえば右、左むけといえば左というように、元来がすなおにうまれついているのだから、これまた心配はいらない。

ただひとり困りものは松彦で、あの子があんなにアプレにうまれついたというのも、母の素姓がよくないせいであろう。松次郎が手をつけてみごもらせたので、やむなく結婚を許したけれど、松彦の母はカフェーの女給であった。じぶんもずいぶん若いものに先立たれて悲しい思いをかさねてきたが、松彦の母が死んだときだけは、神様に感謝したい気持ちになった。それほどあの子の母には手をやいたものだが、その悪い性質が松彦に遺伝しているにちがいない。

それにつけても、頼りに思うのは省三である。さいわい、松樹も松彦もあの子にだけは一目おいているようだから、あの子がなんとかふたりをよいように指導してくれるにちがいない……。

こうして年老いた松代の心も小康をたもってきたのだが、それが最近なにかの拍子に大きく狂ってきたにちがいない。いま、こうして金田一耕助をわざわざ軽井沢まで呼びよせようとしているところをみると……。

2

自動車が熊の平へはいると、駅のまえはたいへんな混雑で、えんえんとバスがつづき、ハイヤーはいまがかせぎどきとばかりに駆けずりまわっている。

しかし、いかに半身不随におちいっている信越線とはいえ、汽車ではこんできた客をバスやハイヤーで消化するというには、多大の無理と困難が生じる。ひなびた熊の平の駅前広場は、あとからあとからと到着する列車からぞくぞくと吐き出されてくる乗客でいっぱいだった。

「ああ、なるほど。これは大変だな」

と、金田一耕助が窓のなかから途方にくれた群集をみながらつぶやくと、

「金田一先生、これだけの自動車が一方交通で消化されてる場所があるんですから、そのおつもりで……ひょっとすると、これから軽井沢まで、一時間くらいかかるかもしれませんよ」

等々力警部が時計をみると、時刻は四時四十分。

「いや、上原君、時間はいくらかかってもかまわんが、その崖《がけ》くずれをしてるって個所、大丈夫ですかな」

と、等々力警部はいささか心細そうである。

「ああ、そう、それじゃちょっとようすを聞いてきましょう」

省三は広場の一隅に自動車をとめると、威勢よくとび出していって、すぐ群集のなかへまぎれこんだが、ものの五分もすると運転台へもどってきて、

「まあ、大変は大変だが、大丈夫は大丈夫だそうです。崖くずれをした個所には綱かなんかが張ってあって、警備員がつきっきりで補導してるそうです。まあ、自動車一台かろうじて通れるらしいんですね」

「そいつはまた心細いんだね」

「あっはっは、警部さんは案外気が小さいんですね」

「そりゃそうだよ、上原君。柄にもなく高級自家用車で軽井沢行きとしゃれこんだのはいいが、等々力め、崖から転落してオダブツだとさ、ナムアミダブツ、ナムアミダブツなんて、同僚にわらわれたかあありませんからな」

「あっはっは、警部さん、いやに取り越し苦労をなさいますが、そうおっしゃられると、ぼく、いささか耳がいたいですね」

「いや、いや、なにも金田一さんに当てつけたわけじゃありませんがね」

ありようはこうなのである。

さいしょ金田一耕助に松代の意をつたえてきたのは省三である。ぜひとも金田一先生に調査していただきたいことがあるから、軽井沢まできていただけないか。うちの山荘へ滞在していただいてもよろしいが、それでは気づまりだとお思いになるなら、すぐ近所にMホテルがあるから、そこへお世話してもよろしい……と、そういう松代の申し出なのだが、調査の内容までは使者に立った省三もしらなかった。

ときはまさに猛暑の候、東京は連日三十度をこえる暑さだから、費用むこうもちの避暑も悪くはないと、金田一耕助もさもしいことをかんがえた。そこで、ふたつ返事で承諾はしたものの、少しのこっている仕事があるので、出発はつぎの土曜日、八月十六日と話をきめた。

ところが、そのことを等々力警部に話して、このほうは費用むこうもちというわけにはいかないが、そのぶんはじぶんの招待ということにするから一週間ほどどうだと誘ってみると、うまいぐあいに警部のほうでも休暇がとれた。そこで、きょう上野で落ちあって、十時二十分の準急で出発するつもりだったのである。

ところが、けさの八時ごろ、省三から金田一耕助のところへ電話があって、さっき軽井沢から連絡があったが、ゆうべ夜中の二時ごろ軽井沢方面に大雷雨があって、熊の平と軽井沢間の線路のうえに土砂くずれがあり、信越線が一部不通になっているから、自動車でご案内するようにとおば（じじつは大叔母なのだが、省三はふつうおばと呼んでいる）からいってきた。それについて、午後一時ごろそちらへお迎えにあがるから、待っていてほしいといってきたのである。

そこで、金田一耕助は等々力警部との約束をうちあけ、それならばじぶんのほうから警視庁へ出向いていって、警部といっしょに待っているから、そっちのほうへ自動車をまわしてほしいと要請すると、さすがに省三の返事はちょっと渋った。

そこで、金田一耕助がかさねて、それとこれとは全然話はべつである。じぶんも職業と友情とを混同するようなことはしないし、警部もみだりに他人の私事を詮索《せんさく》するような人物ではない。いままでにもたびたびこういうことはあったが、いちども依頼人に迷惑をかけたことはないと力説すると、省三も承諾して、午後一時ごろ愛用のマーキュリーを駆って、警視庁までふたりを迎えにきてくれて、いまこうして碓氷の嶮《けん》を走っているというわけである。

「それじゃ、金田一先生も警部さんも覚悟をきめてくださいよ。一蓮托生《いちれんたくしょう》、死なばもろともといきましょう」

「あっはっは、上原君、心細いことをいうね」

「なあに、船に乗れば船長、自動車に乗れば運転手に運命をゆだねるのは自明の理じゃありませんか」

「いや、ごもっとも。しかし、なるべくならば穏便にねがいたいね。この自動車なかなか乗り心地がよかったんだからね」

「あっはっは、いまになってあんなことをおっしゃる。それじゃ、出しますよ」

省三がスターターをいれかけたときである。とつぜん、運転台の窓の外へ、わかい女が駆けよってきて、

「もし、省三兄さんじゃありませんか。上原の省三兄さんじゃありませんか」

「えっ？」

と、振り返った省三の顔をみて、

「ああ、やっぱり省三兄さんでしたわねえ。あたし、もうほんとうに困ってしまって……」

やつれはみえるが、女の年齢はまだ二十二、三というところだろう。面長なところは近代人の好みにあわないかもしれないが、目鼻立ちのさえざえとしたなかなかの美人である。粗末ながらもこざっぱりとしたワンピースを着て、手にこれまた粗末な模造皮のボストンバッグを提げている。

この女の顔を見た瞬間、省三はもちまえの闊達《かったつ》さをうしなったようで、体の線が固くなり、

「なあんだ、美代ちゃんじゃないか」

と、そういう声もなんだかのどがつまったようであった。しかし、すぐもちまえの闊達さを取りもどしてか、

「美代ちゃんもここで立ちんぼう……？」

「ええ、一時半ごろからいままでずうっと……」

と、形式的に腕時計を目のまえにもってきて、よわよわしく微笑する。笑うとさえざえとした顔があどけなくみえ、えくぼがくっきりとかわいいのである。

「なあんだ、三時間も立ちんぼうをしていたのかい。どうしてバスに乗りこまないんだい？」

「バスに乗るったって、ほら、あれですもの」

なるほど、美代子がちゅうちょするのもむりはない。そのとき待っている客たちのまえへ、一台のバスがまわってきたが、わっとそれに群がる勢いは、終戦直後の列車を思い出させる。しかし、それもむりはないのであって、そこに待っている客たちの全部が軽井沢いきとはきまっていない。いや、いや、さらにそれより先をめざしているのが多いはずだから、われがちにと先を急ぐのもむりはない。

「なるほどねえ。あれじゃ、美代ちゃんにゃむりだねえ」

と、省三はちらと女の腹に目をやったが、すぐその視線をそらせると、いったん自動車からおりたって、

「先生、ちょっと失礼します。知り合いのものに会いましたから」

と、くるまの反対がわにまわって運転台のドアをひらくと、

「さあ、どうぞ」

「あら、省三兄さん、よろしくって？」

と、美代子はいまさらのようにうしろの座席にいる金田一耕助たちに遠慮する。

「よろしくってもないもんだ。そんならなぜ呼びとめたんだい？　さあ、さあ、さっさとお乗りよ」

「ああ、われわれには気がねはいりませんよ。さあ、さあ、お乗りください」

金田一耕助がうしろの座席からすすめると、

「すみません。それでは……」

と、女はていねいにそのほうへ一礼して、運転台のそばへ乗りこんだ。省三はゆっくりとそのドアをしめると、くるまの反対がわにまわって運転台へのりこみ、

「いや、どうもお待たせいたしました。それでは……」

と、あらためてスターターをいれ、けたたましくサイレンを鳴らしながら、まえをいくバスについて走りだした。

等々力警部はそのあいだひとことも口をきかなかったけれど、美代子と名のって自動車に乗りこんできた女が、妊娠しているらしいことに気がついていた。

3

その翌朝、八時にはもう朝食をすませた金田一耕助と等々力警部が、テラスで新聞をひらいていると、ホテルを取りまく林のなかで、鳥の声がしきりである。軽井沢名物の霧がしっとりとおりていて、涼しさを通り越してはだ寒いくらいである。

ギャバのズボンに半そでのアロハというたちの等々力警部は、デッキ・チェアになかくなって新聞をひらいていたが、クシャーンとひとつくしゃみをすると、

「なるほど、こいつは涼しいや」

と、むっくりと起きなおって、

「涼しいのはいいが、なんだい、この新聞、きのう東京でみてきた記事ばかりじゃないか」

と、いかにも詰まらなそうである。

「あっはっは、あんなことといって、そろそろもう下界が恋しくなってきたんじゃありませんか」

「まさかね。それほど忘恩の徒ではありませんよ。あなたがこうして高原の冷気を満喫させて静養させてくださろうてんですから、下界なんて鬼に食われてしまえでさあ。しかし、

ねえ、金田一さん」

「はあ？」

と、金田一耕助が小首をかしげてにこにこ笑っているのをみると、等々力警部はのどまで出かけた言葉をのみこんで、

「ああ、いや、あんたもそろそろ洋服党に転向なすって、もっとおしゃれをしなきゃいけませんぜ。ほら、ごらんなさい、外人の子供がじろじろみてるじゃありませんか」

「どこでとれた化け物だろうと思ってるんでしょうねえ、あっはっは」

ホテルには外人の滞在客が多いらしく、テラスにも目色毛色のかわった子供がめじろ押しにならんでいて、金田一耕助のもじゃもじゃ頭と、白絣《しろがすり》に袴《はかま》という姿をじろじろみているが、そんなことで辟易《へきえき》するような金田一耕助ではない。

それより金田一耕助が興味をかんじたのは、等々力警部がいまいいかけた言葉をほかへそらせたことである。金田一耕助には警部のいいかけた言葉がわかっていた。それはおそらく美代子というあの女のことにちがいない。

じっさい、美代子が乗りこんできてから、自動車のなかはすっかり無口になった。省三も口のききかたによほど気をつけているようであった。美代子がうしろの客を気にして尋ねても、

「いや、ちょっとしたお知り合いで……」

と、言葉をにごして答えなかった。

かれは美代子に金田一耕助や等々力警部の素姓をしられたくないと同様に、金田一耕助や等々力警部にも美代子の素姓をしられたくないらしかった。

それは美代子とておなじことらしく、自動車が走りだしてもあまり口をきかなかったし、たまには口をきいても、金田一耕助や等々力警部の耳にはほとんどききとれないくらいの低声であった。しかし、それでも、おばさまとか、松子さまとかいう名まえが出るところをみると、常磐松代とは親しい間柄らしい。

だが、それにたいする省三の返事というのが、また、ああとか、いいやとか、まあねえとか、ごく簡単なものだが、しかも、それが女にたいして冷淡というよりも、あきらかにうしろのふたりに気をかねているらしいのである。女にもそれがわかったのか、それ以来口をきこうとはせず、しょんぼりとうなだれた肩のあたりや、項《うなじ》のやつれが、なんとなく金田一耕助のあわれを誘った。

それにしても、このふたりはいったいどういう関係にあるのか……と、金田一耕助は快いマーキュリーの震動に身をまかせながら、もちまえの詮索癖が頭をもたげる。

服装をみると小間使いより劣っているが、口のききかたは主従というようなものではなく、仲のよいいとこ同士というかんじだが、それでいてなにかかかわりがあるらしいのは、女のほうに原因があるのではないか。それは、なにかしらひけめを感じているような、相手にたいして肩身のせまい思いをしているような、女の態度の哀れさからでも察しられる。

それにしても、この女の顔をみた瞬間の省三の態度は、たしかに女にたいして残酷だった。それはあきらかに、招かれざる客、歓迎すべからざる人物の姿を、思いがけなくそこに発見したものの態度であった……。

金田一耕助はいちどうしろから女に声をかけてみた。

「あなた一時半ごろからあそこで立ちんぼうをしていたというお話ですが、そうすると十時二十分発の準急でこられたんですか」

「はあ……」

「どうでした。汽車のなか……こんでましたか」

「はあ、もうとっても。上野からずうっと立ちどおしでした」

「そりゃ……」

と、金田一耕助はいいかけた言葉をあわてて生つばとともにのみこむと、

「大変でしたねえ」

と、とってつけたように付け加えた。あなたのお体では……とはいいかねたのである。

だが、その瞬間、美代子のそばから省三がけたたましい叫び声をあげて自動車をとめた。

「ほら、先生、ごらんなさい、あそこですぜ。あのものすごい崖《がけ》くずれ……」

なるほど、気がつくと、前方にずらりと自動車がとまっていて、そのむこうの国道の一

部が大きくくずれて、はるか下にみえるトンネルの入り口をふさいでいる。下のほうでも線路工夫が線路のうえから土砂をとりのけるのにおおわらわだが、崖のうえでも千番に一番のかねあいという芸当である。なにしろ、道の一部が大きく削られているので、大型バスとなるとほとんど幅員いっぱいである。そこを警備員に補導されておっかなびっくりこっちへ渡ってくるところは、まさにスリル満点である。

「わっ、くわばらくわばら！　上原君、大丈夫だろうねえ。ひとつよろしく頼みますぜ」

と、等々力警部がわざとおおげさな悲鳴をあげると、

「あっはっは、だからさっきもいったじゃありませんか。一蓮托生《いちれんたくしょう》、死なばもろともだって……」

「あら！　いやな省三兄さん。そんな不吉なことおっしゃるもんじゃございませんわ」

と、そういう美代子の顔は、バック・ミラーのなかで白くこわばっている。

「ああ、ごめん、ごめん、美代ちゃん」

と、省三は快活にわらって、

「だけど、け……」

といいかけて、省三はあわてて、

「いや、等々力さん、下をみてごらんなさいよ。まだ一台もこっぱみじんとなったくるまは見当たりませんよ。してみると、およそ免許証をもってるほどの腕前なら、一蓮托生な

どといかなくともすむらしいですぜ」

「なるほど、それを聞いて安心しました」

こういうことがあったので、省三が予想したとおり、熊の平から軽井沢までたっぷり一時間かかってしまって、かれがふたりをMホテルの帳場に紹介して、

「それじゃ、明朝あらためてごあいさつにあがります」

と、美代子とともに立ち去ったのは、もうかれこれ六時、軽井沢名物の霧がしっとりとあたりをくるんでいるころであった。

「やあ、どうもこいつは……」

と、等々力警部は二度三度たてつづけにくしゃみをしたのち、

「金田一さん、あんたそんな薄着でよく寒くありませんねえ」

「ところが、警部さん、さにあらず、ぼくはこれですからね」

と、金田一耕助が白絣の胸をはだけてみせると、下にちゃんと相当厚手のアンダー・シャツを着込んでいる。

「なあんだ、そうだったんですか。そんならそうといってくだされば、わたしもやせ我慢張るんじゃなかった」

「あっはっは、あなたやせ我慢張ってらしたんですか。それなら無用です。さっさとセーターでも着ていらっしゃい」

「じゃ、ひとつ、そういうことにしましょう」

等々力警部がセーターを一着におよんで出てくると、ロビーにもテラスにも金田一耕助の姿は見えず、そのかわり玄関の車寄せに、見おぼえのあるマーキュリーがとまっていた。

さては省三が迎えにきているのだなと思い、ロビーのすみでそなえつけのライフのページをひっくり返していると、半時間ほどして金田一耕助が省三を送って出てきたが、省三がひとりでマーキュリーを運転してかえっていくのをみて、警部はおやとまゆをひそめた。

金田一耕助は省三を送りだしてから、白い歯を出してわらいながら、警部のほうへやってきた。

「あれ、金田一さん、どうしたんです。あなたもいっしょに出向いていくんじゃなかったんですか」

「あっはっは、ところがねえ、警部さん」

と、金田一耕助はあたりを見まわしてから警部のそばに腰をおろした。

「ばあさん、心境の変化をきたしたらしい」

「心境の変化とおっしゃると……?」

「いや、いまあの男のもってきたことづけによるとこうなんです。調査をご依頼しようと思っていた件は、じつはじぶんの思いちがいであった。それはもう調査をお願いするまでもなく、なにもかも分明したから、この件についてはこのまま手をひいていただきたい。

ついては、ここに些少《さしょう》ながら……というわけで、ぼくは体よくお払いばこになりましたよ」

等々力警部はおもわず目玉をひんむいて、

「金田一さん、ひょっとすると、わたしがいっしょにきたのがいけなかったんじゃありませんか。つまり、わたしに秘密をしられるのを警戒して……」

「いや、それはないでしょう」

「どうして……？」

「だって、あの男……上原がきのう電話をかけてきたのは、午前八時ごろのことでしたよ。そのとき、ぼくはあなたのことを話したんです。そしたら、上原としてもちょっとちゅうちょしたんですが、ぼくがまあ、むりやりに頼んだんですね。それはそれ、これはこれ、決して混同するようなことはしないからって……そしたら、ああして快く一時半ごろ警視庁へむかえにきてくれたでしょう。ところが、八時から一時半といやあ、その間、五時間半あります。ところが、軽井沢というところはわりに電話のかかりやすいところでしてねえ、ことに午前中ならすぐ出ます。ぼくも二、三度松代女史と電話で話したからよくしってるんです。だから、上原は当然あなたのことで松代女史に電話をかけたにちがいない。ああいう連中ときたら、どんな些細《ささい》なことでも社長の了解をもとめ、指図を仰ぐって習慣がついてると思うんです。ましてや、あなたのご身分がご身分ですからねえ。それにもかかわらずああして快く迎えにきてくれたところをみると、あなたのことについては松代女史も了解したと思うんですがねえ」

「そういやあ、きのう自動車のなかで、あの男、べつにわたしを煙たがりもしませんでしたね」

「煙たがるどころか、わたしよりむしろあなたをあいてに、しゃれや冗談をとばしてたじゃありませんか」

「そうすると、金田一さん」

「はあ」

「ひょっとすると、あの美代子という娘のせいじゃありませんか。思いがけなくあの娘がやってきたので、事態が変化してきた……」

金田一耕助はしばらく考えていたが、

「警部さん、あの娘はたしかに思いがけなくやってきたんでしょうねえ。上原があの娘の顔をみたときの驚きようったらなかったですからねえ」

と、それからまたちょっと思いに沈んでいたが、急ににこにこ笑い出すと、

「どっちにしてもいいじゃありませんか。こうしてもらうだけのものはもらっちまったんだから。あっはっは、『トキワ商会』も『トキワ香水』も鬼にくわれてしまえです」

だが、しかし、金田一耕助はそのままお払い箱になったのではなかった。その日の午後

になって、松代女史がふたたび心境に変化をきたして、あらためてまたかれの出馬を懇請してきたのである。

4

途中で約束を破棄された金田一耕助は、もちろんいい気持ちはしなかったが、それにもまして等々力警部は、あいてがいかに慰めてくれようとも、やはりじぶんの同行が依頼人の気にさわったのではないかと、金田一耕助にたいして気の毒がった。しぜんふたりともおもしろくなく、それに霧がふかくてお天気の模様もはっきりしないので、午前中はホテルのちかまわりをのらりくらりと歩きまわっていたが、さいわい正午ちかくなってきてから、霧が晴れて上天気になりそうな気配がみえてきた。

「警部さん、どうやらお天気になりそうです。おひるから浅間のほうへでもいってみようじゃありませんか」

と、ゴルフ・リンクのそばの喫茶店で紅茶をのんでいた金田一耕助は、天気の回復とともに元気も回復してきたらしく、急にいきいきと目をかがやかせたが、

「そうですねえ」

と、等々力警部はあいかわらず煮えきらない。

「どうしたんです、警部さん、まだあのことを気にしてるんですか」

「そりゃ、やっぱりねえ」

「ところがねえ、警部さん」

と、金田一耕助はテーブルのうえから身を乗りだすと、わざとカメの子みたいに首をすくめて、

「さっき、ぼかあもらうだけのものはもらっちまったからっていったでしょう。ところが、あれ、過分のものをもらってると、ぼくだって気になりますさあ。ただもらいみたいじゃ、ぼくんだって自尊心てえものがありますからね。ところが、開けてびっくり玉手箱。この金田一耕助ほどの人物をですね、えへん、いかにガソリン代むこう持ちとはいえ、軽井沢くんだりまでひっぱり出しておきながら、これでいいのかって程度だったんです。だから、警部さん、そんなにくよくよするこたあありませんや」

等々力警部は意地悪そうな目でジロリと金田一耕助を瞥見《べっけん》すると、

「ところがねえ、金田一先生、こっちはそれだからこそ心配してるんでさあ」

「え?」

「だって、わたしゃあんたのふところだけが頼りなんですからな」

「こ、こん畜生!」

「わっはっは」

どうやらこれで警部のきげんもなおったらしいが、

「ああ、ちょっと、金田一さん、ちょっと待ってください」

と、なにかいいかける金田一耕助をおしとどめて、警部は空いたテーブルを三つほどへだてたむこうのテーブルにいる一群の男女に声をかけた。

「ちょっとお尋ねしますが、なんですか、きょうこの軽井沢で心中があったんですか」

心中……ときいて金田一耕助もぎくっとしたが、むこうのテーブルにいる五人づれのわかい男女も、だしぬけに声をかけられて、ぎょっとしたようにこちらをふりかえった。

「はあ、……ついいましがた見つかったそうです」

と、そう答えたのはいちばん年かさの青年で、派手なアロハにサングラスをかけているが、それでいてべつに柄が悪くみえないのは、このへんの別荘人種なのだろう。みんなラケットをもっているところをみると、ちかくにテニス・コートがあるにちがいない。

「見つかったって、どこで……？」

「さあ、詳しいことはしりませんが、千ガ滝のほうの別荘んなかだそうです」

「なんでも、男が女を絞め殺してから、じぶんは首をくくって死んだとかで、男の首つり死体が、こうぶらりっと……」

と、ちゃめっけのあるいちばんわかい青年が、となりのイスに座っている少女のほうへ幽霊みたいな手つきをして体を乗り出し、

「うらめしや……」

「いや、健坊のバカ！」

「あっはっは、健坊も古風だね。幽霊がうらめしやあ……って出てくることをしってるんだから」

「あら、ほんと、健坊時代の幽霊なら、オー・マイ・ディアとかなんとかいって出てくるんじゃなくって」

と、ひとしきりわいわい騒いでいたが、こちらのほうから等々力警部が、

「それで、その心中の男女の身元は……？」

と尋ねると、サングラスの青年が、

「いや、どうも失礼しました。心中の男女の身元まではしりません。たったいまご用聞きにきいたばかりですから」

「ああ、いや、どうも、こちらこそ失礼」

それからまもなく喫茶店を出ると、霧はもうすっかり晴れていて、ぞくぞくとして高級自家用車が通りすぎる。本町通りへ出ると、ちょっと銀座を思わせるにぎやかさである。

「それにしても、警部さんはいやですねえ」

「なにが……？」

「だって、心中と聞くと目の色がかわるんですからね。ああいうのをお里が出るっていう

んでしょうねえ」

「あっはっは、こいつは一本とられました。ああいうのを聞くと、ついここが軽井沢だってこと忘れちまうんですね。だけど、金田一さん、考えてみると、ここ、心中の名所旧跡でしたな」

等々力警部がいっているのは、昔ここで高名な文士が心中をして世間をおどろかせた事件のことだろう。その碑がついちかくに建っているが、金田一耕助はわざとそのことに触れなかった。

結局、警部も同意して浅間の中腹あたりまでいってみようということになり、ホテルで昼食をとって出かけようとするその鼻先へ、豪勢なキャデラックが一台きてとまった。

「ああ、ちょっと、失礼ですが金田一先生じゃございませんか」

自動車のまえをよけて通りぬけようとしていた金田一耕助は、だしぬけに女の声で呼びとめられて立ちどまると、みずからドアをひらいてそそくさと降りてきたのは、二十くらいの女である。ブラウスにタイト・スカート、赤い毛糸のカーディガンと、とりつくろわぬ姿だが、すらりと背のたかい美人である。

「はあ、ぼく、金田一耕助ですが……」

「こんなところでお呼びとめしてたいへん失礼でございますけれど、あたくし常磐松代の孫の川崎松子でございます」

「あっ、そう。それはそれは……」

と、金田一耕助はそばに立っている等々力警部に目くばせをすると、警部もかるくうなずきながら、それとなく松子を観察している。

松子はひどく興奮しているようすだが、それでもまぶしそうな目であたりを見まわすことを忘れず、いささか逆上気味の早口で、

「あの、けさほどは祖母がたいへん失礼なことをいたしましたそうですが、どうしてもまた先生のお力をお借りしなければならないことができまして……恐れいりますけれど、このくるまでいっしょにおいで願えないでしょうか」

「さあ、しかし、それはちょっと……」

金田一耕助はべつにけさの腹いせをするつもりはなかったけれど、警部といっしょに出かけようとしたやさきだけに、ちょっとちゅうちょをしてみせると、

「そうおっしゃらずに、ぜひ……」

と、松子はベソでもかきそうな顔色だったが、

「ああ、そうそう、こちら等々力警……」

と、いいかけて、あわててあたりをはばかるように、

「等々力さまでいらっしゃいますわね。祖母が申しますのに、等々力さまもぜひごいっしょにということでした。なにかのことはくるまのなかで申しあげますけれど、ぜひ、ぜ

ひ！」

　松子の態度なり口のききかたなりに、なにかただならぬ事態がもちあがったらしいことが察しられて、

「ああ、そう。それじゃお供しましょう。警部さん、あなたもどうぞ」

　等々力警部はくちびるをへの字なりにむすんで、無言のままうなずくと、金田一耕助のあとから乗りこんだ。気がつくと、ホテルのまえはもう相当のひとだかりで、この押し問答をながめていた。

　それにしても……と、金田一耕助はくるまが滑りだしたとき、クッションに腰をおちつけながら考える。

　常磐松代はなにをかくまで動揺しているのであろうか。わざわざじぶんを軽井沢まで招《しょう》聘《へい》しながら、いざとなったら解約したり、そうかと思うと、それから四時間もたたぬまに、また孫娘を迎えによこしたり……常磐松代といえばそうとう評判の女傑である。これほど無定見な気まぐればあさんとは思われぬ。とすれば、そこにはなにかよほど重大な理由がなければならぬはずだが……。

「ときに、お嬢さん」

「はあ」

「上原君はいまどうしてます」

「あのひと千ガ滝のほうへいってますの。祖母もさっきそっちのほうへ出かけました」

「そうそう、あなたもいま運転手君に千ガ滝へとおっしゃったが、千ガ滝のほうになにか……？」

「はあ、あの、金田一先生は……」

と、松子は苦痛をおしころしたような声で、

「けさ、千ガ滝の別荘で男のひとと女のひととの心中死体が見つかったって話、お聞きになっちゃいらっしゃいません？」

金田一耕助はぎくっとして、等々力警部のほうに素早い視線を送ると、

「そうそう、さっき喫茶店でちらとそんなうわさを耳にしましたが、それがなにか……？」

「はあ、その死体の男のひとというのが、松樹兄さんだというんですの」

「松樹兄さんとおっしゃると、あなたのおばあさまにとっては正系のお孫さんですね」

「はあ、祖母の長男のひとりっ子ですから……『トキワ商会』の未来の総帥になるべきひとですわねえ」

松子はそこでなぜかはげしく身ぶるいをした。

「そのひとが女と心中してるんですか」

と、等々力警部も息をのんで身をのりだして、松子の顔をのぞきこんだ。松子と警部と

のあいだに、金田一耕助がひとみを前方にすえたまま、なにか忙しく考えめぐらせている。

「はあ、あたしはまだ見ておりませんの。最初しらせをきいて、松彦兄さん……祖母の次男のわすれがたみですわね、そのひとと省三兄さんとが駆けつけたんですの。省三兄さんはご存じでいらっしゃるそうですね」

「はあ、存じております」

「すると、やっぱり松樹兄さんにちがいないって、省三兄さんから電話がかかってまいりましたの。それで祖母が出かけたんですけれど、その祖母からさっき電話がかかってまいりまして、金田一先生と等々力さまをぜひおつれするようにと、このくるまを帰してよこしましたの。祖母は心中だなんててんで信じていないようです。松樹兄さんはだれかに殺されたにちがいないって……」

松子はそこではじめて涙をみせた。ひざのうえでもみくちゃにしていたハンカチを目におしあてて、さめざめと泣きはじめたのである。

その泣きかたにはなにか異常なものがあり、たんにいとこが心中した、あるいは殺されたというだけですまないなにかがあるのではないかと思われて、金田一耕助はおもわず等々力警部と顔を見合わせた。

5

この千ガ滝心中からひきつづいて暴露された二重殺人事件の真相が、案外世間にしられていないのは、当時軽井沢にさる高貴のかたがご滞在中だったので、関係各方面でできるだけ事実を隠蔽《いんぺい》しようとしたからである。

したがって、新聞にもごく簡単にしか報道されず、当時軽井沢に滞在中のひとのなかにも、心中のあった事実はしっていても、それが殺人事件であったとしるひとは少なかった。ただ、この心中死体はちょっと異常なところがあり、それがひとびとのあいだに話題となったていどである。

それはさておき、常磐家の山荘やMホテルのある旧軽井沢にくらべると、千ガ滝方面は別荘地帯としても寂しい場所だが、問題の心中死体の発見された別荘というのは、とくに寂しい場所であった。

そこは浅間がつくるすそ野地帯がいちだんがくんとくぼんだ峡谷のようなところで、高々とそびえる落葉松《からまつ》、赤松、ハンの木などの林のなかにうずまるように建っている文字どおりひと握りの小ちゃなかわいいコッテージで、いちばんちかい別荘からでも五百メートルからはなれている。

しかし、野次馬というものはどこにでもいるものとみえて、金田一耕助を乗っけた自動車がついたとき、こんな寂しいところでも、あちらに三人、こちらに五人と、林のなかに野次馬のすがたが隠顕していた。その野次馬をしりめにかけてキャデラックがとまったところは、道が三つ股《また》になっていて、そこに見おぼえのあるマーキュリーのほかに、リンカーンが一台とまっており、路傍に白地に黒ペンキで青野と書いた表札が立て札みたいに立っていた。これがここの別荘のならわしなのだが、しかし、そこからはまだ林の茂みにおおわれて、コッテージはみえなかった。

自動車をおりた金田一耕助と等々力警部、川崎松子の三人がそそくさと林のなかをきりひらいた道のなかへ駆けこもうとすると、

「ああ、お嬢さま、ちょっとお待ちになって」

リンカーンのなかから声がして、四十前後のじみな洋装の婦人がおりてきた。それから、その婦人に手をとられておりてきたのが、香水王国の女王常磐松代なのだろう。

こうしてみると、川崎松子は祖母の体質をうけついだにちがいない。松代もすらりと背のたかい婦人で、七十とは思えない頑健なからだを黒いスーツでつつんでいて、頭髪はまんなかからふたつにわけてうしろでひっつめにしているが、まだ多分に黒いものがまじっている。膚もつやつやとしていて、わかいときはさぞ美人だったろうと思われる目鼻立ちのうえに、ちょっと日本人ばなれのした姿勢のよさである。

ただし、右脚が悪いらしく、左手にふといステッキをついているが、

「あら、おばあさま」

と、駆けよった松子の肩にすなおに半身をあずけて、

「金田一先生でいらっしゃいますね」

とりかえしのつかぬ孫息子を思いがけない事件でうしなった松代は、さすがに顔面がこわばっているが、それでもそう呼びかけるとき、口元に微笑をきざむのを忘れなかった。

「はあ」

と、金田一耕助が二、三歩まえへ出ると、

「わたくし、常磐松代でございます。けさほどはまたたいへん失礼いたしました」

「いいえ」

金田一耕助がわざとぶっきらぼうに答えると、

「あちら等々力警部さまでいらっしゃいますね」

と、警部のほうへむきなおった。

「はあ、わたし等々力です」

と、等々力警部も二、三歩まえへ出る。

「警部さま、ほんとうにけさほどは失礼いたしました。じつは、金田一先生にある調査をご依頼しようと思って、こちらへおいで願ったのですが、あなたさまがご一緒とうけたま

わって、つい金田一先生とのお約束を取り消したりして……」

「しかし、奥さん」

と、そばから言葉をはさんだのは金田一耕助である。

「そのことについては、上原君が奥さんに電話で了解を求めたのではありませんか」

このひと突きはたしかに命中したらしい。松代ははっとひるんだ色をみせたが、すぐまた威厳のある微笑をとりもどすと、

「ええ、それは電話ではついなにげなく了解しましたよ。しかし、いざとなったらやっぱり気おくれがいたしまして……警部さま、これを侮辱ととってくだすっては困りますよ。やっぱり、一家の秘事でございますから」

「いや、それは当然のことでございます。その点については金田一先生もご了解していらっしゃるはずだと思います」

「はあ、ありがとうございます。金田一先生」

「はあ」

「けさほどのような失礼をはたらきながら、またあなたのご助力が必要になったからって、このようなお願いを申し上げるのはたいへん心苦しいのでございますが、あたしはこの事件に満足していないのでございます」

「はあ」

「と申しましても、あなたはまだごらんになっていらっしゃらないのですけれど、一見いかにも心中らしく出来上がっております。しかし、あれは絶対に心中ではございません。松樹は……あたしの孫のうちでも松樹にかぎって、心中するような人間ではございません」

「そうすると、だれかがお孫さんともうひとりの婦人を殺して、心中をよそおうておいたとおっしゃるんですね」

「そうです。金田一先生、その犯人を探し出していただきたいのです。たとえ……」

「たとえ……?」

松代がちょっと絶句したので、金田一耕助があとを促すと、

「はあ、たとえ犯人がわたしどもの肉親のなかにおりましょうとも!」

「あら、おばあさま!」

松代夫人の声は、松子がおもわず悲鳴をあげたほど、きびしく、はげしい調子で、そこにはこの女丈夫の気魄《きはく》が凛然《りんぜん》とこもっていた。

金田一耕助は等々力警部と目を見かわしていたが、やがてペコリとお辞儀をすると、

「承知しました。それでは現場を拝見することにしましょう」

「中川さん」

松子が付き添いの婦人を呼んで祖母をあずけ、じぶんもいっしょにいこうとすると、

「いいえ、松子、あなたはいってはいけません」

「あら、どうして？」

「お兄さんはまだそのままにしてあります。金田一先生や等々力警部さまにみていただくまで、そのままにしておいていただくよう、警察のかたにお願いしておいたのです。それはあなたなんかの見るべきものではありません。中川さん、あなたご案内してあげてちょうだい」

だが、ちょうどそこへこちらの気配に気づいたのか、省三がひとりの私服をつれて出てきたので、結局、付き添いの中川さんも松代や松子といっしょにそこに残ることになった。

金田一耕助と等々力警部が省三と私服のあとについていくと、まもなく林のなかを曲がりくねった道のむこうに小さなバンガローふうの建物がみえてきたが、それと同時に、風のなかにえもいえぬバラのにおいがただようてきたので、金田一耕助はおどろいてあたりを見まわした。それは惨劇のあった家としてはあまりにも似合わしくない芳香である。

「上原さん、どこか近所にバラの花でも……」

金田一耕助がたずねると、私服がそばからかわって答えた。

「いや、あれは香水のにおいなんですよ」

「香水……？」

と、こんどは等々力警部が目をみはった。

「はあ、心中するまえに、ふたりは寝床からじぶんたちの体までぶちまけるように香水をふりまいたらしいんですね。それがいまだにプンプンにおってるんです」

バンガローのまえまでくると、わかい捜査主任の岡田警部補が、緊張のおももちで待っていた。かつて犬神《いぬがみ》家の三重殺人事件（『犬神家の一族』）や、射水《いずみ》の町の連続殺人事件（『不死蝶《ふしちょう》』）の捜査に関係したので、金田一耕助は信州の警察界では有名なのである。

金田一耕助と等々力警部対岡田警部補たちの初対面のあいさつがあったのち、

「それで、死体は……？」

と、等々力警部がたずねると、

「どうぞこちらへ……」

ふたりはなにげなく捜査主任のあとについていったが、とつぜんぎょっと立ちどまった。

このバンガローは側面にシラカバやクリの木をしぜんのままの姿でつかったテラスがあるが、そのテラスの梁《はり》からぶらんと男がぶらさがっているではないか。その男は、派手なパジャマを着ていて、そして、その全身からふくいくたるバラの香が、それがあまり強烈なのでかえって嘔吐《おうと》をもよおしそうなほど痛烈ににおうているのである。

「こ、これは……」

と、金田一耕助はおもわずハンカチを出して鼻をおおうと、あらためて梁からぶらさがったこのしゃれ者の首つり死体を見直した。

首つり死体の特徴として、おびただしい鼻じるがテラスの床にたまっているが、顔は洗ったようにきれいである。これはあとで聞いたことだが、松代夫人がいとおしがってふいてやったのだそうである。身長は五尺五、六寸ありそうだが、骨の細い、きゃしゃなからだつきで、鬱血《うっけつ》して紫色にむくんでいるが、がっくりうなだれた顔は、生前相当の好男子であったと思われる。

その首つり男が梁へかけておのれの生命を断ったのは、ガウンなどのバンドに使う色彩の派手なよりひもで、その両端をむすびあわせてそこに二重の輪をつくり、その輪のなかへ首をつっこんだらしい。足下に鎌倉彫りの小さな茶卓が倒れているところをみると、そのうえへあがって首をくくると同時に茶卓をけったのであろう。

……と、一見そういうふうな情景にできあがっているのである。

「このかたが松代夫人の孫の松樹さんなんですね」

金田一耕助が省三をふりかえった。

「はあ……」

「あなたにとってはふたいとこになるわけですね」

「はあ、そうです」

「ところで、あそこにいらっしゃるあのかたは……？」

金田一耕助があごでしめしたのは、むこうの落葉松の根元にうずくまって、ひざのうえに組んだ両腕のなかに顔を埋めている男である。派手な半そでのアロハからはみだした両腕が丸太ん棒のようにふとくたくましいが、なにを考えているのかさっきから顔もあげない。

「ああ、彦ちゃん、彦ちゃん、こっちへいらっしゃい。金田一先生だよ」

省三に呼ばれて、その青年はむっくり顔をあげてこちらをみた。

G・I刈りにしたその顔はまだたぶんに童顔のあどけなさを残しているが、ふてっくされたようなその態度にはふてぶてしい野性みがあり、金田一耕助を見るひとみのなかに、一瞬、追いつめられた野獣のような凶暴さと殺気が走った。

やがて、その青年はのっそりと立ちあがったが、こっちへくるかと思いのほか、とつぜん両手をたかだかと差しあげて、

「わあ！　わあ！　わあ！」

と、ターザンのようなおたけびをあげたかと思うと、林のなかをまっしぐらに駆け出したのには、一同はぎょっとばかりに度肝をぬかれた。

「松彦君ですよ。おばの次男のわすれがたみです。いとこの変死にショックをうけているようですから、無体は堪忍してやってください」

省三の声はふかい憂いに沈んでいる。

6

「ところで、ご婦人のほうは……？」

背中をまるめて林のなかを駆けぬけていく松彦の一種異様なうしろ姿から、金田一耕助が岡田警部補のほうへ視線をうつすと、

「はあ、どうぞこちらへ」

と、バンガローのなかにいた私服がスリッパを二足そこへそろえた。

このバンガローは、台所やトイレのほかに、食堂と居間と応接室とをかねているらしいホールと、寝室のふた間しかなかったが、その寝室はまるで香水のるつぼのようである。いままでにそうとう香水のにおいに麻痺《まひ》しているはずの等々力警部ではあったが、一歩そこへふみこんだせつな、

「ううむ、こ、これは……」

と、ハンカチで鼻をおさえてたじろいだ。

まったく目にしみいるような強い香気がねっとりと部屋のなかに充満していて、金田一耕助もおもわず二、三度むせかえった。

しかし、慣れるとそれほどでもないとみえて、部屋のなかにワイシャツ姿の男がひとり、

イスに腰をおろして頭をかかえこんでいたが、金田一耕助と等々力警部がはいっていくと、ぎくっと反射的に顔をあげて、敵意にみちた目でふたりをにらんだ。

「このかたは……?」

金田一耕助がおどろいて岡田警部補をふりかえると、

「はあ、この別荘のご主人の青野さんです」

「この別荘のご主人とおっしゃると……?」

「はあ、ですから、そのベッドのうえで死んでいる……いや、殺されている婦人のご主人、だんなさまだそうで……」

そのとたん、等々力警部がまたううむとうめき声をあげたので、金田一耕助はおもわずそのほうをふりかえった。警部はあいてのもの問いたげな視線を浴びて、ぎこちない空咳《からせき》をしながら、

「ああ、いや、それじゃ松樹君は人妻と……いや、いや、これは……」

とあいまいなことをいいながら、警部はしきりに首をふっている。

金田一耕助はなにかを読みとろうとするかのように鋭く警部の顔色をみていたが、やがてその視線をベッドのほうへうつした。

この部屋は八畳じきくらいの殺風景な板の間で、そこに作りつけのがんじょうなダブル・ベッドがあり、ダブル・ベッドのうえに女がひとり仰向けに倒れている。女はむこう

に縊《くび》れている松樹とおそろいの派手なパジャマを着ているが、そのパジャマから発散する強烈なにおいにも、金田一耕助はどうやら慣れてきた。

女はあきらかに強い手で絞め殺されたのである。のどのあたりにくっきり残る大きなふたつの親指の跡がそれを示している。

だから、ものごとをありのままに信じることが出来るひとがこの情景をみれば、つぎのように判断するだろう。すなわち、合意のうえでか、あるいは男のほうからむりにしいたか、男が女を殺しておいて、そのあとでじぶんはむこうのテラスで縊れて死んだと……げんに、男が縊れて死んでいるひもをつかっていたらしいタオルのガウンもそこにほうりだしてある。

それにもかかわらず、常磐松代はこれを他殺だという。自信をもって彼女ははっきりそういいきった。それは単に日ごろの松樹の振る舞いや性格からそう判断したのか、それとも彼女はこれを他殺と判断するもっとたしかな証拠でももっているのか。しかも、これが他殺であるばあい、彼女は肉親のなかに犯人がいるのではないかと懸念しているようだが……。

金田一耕助はふとさっきの松彦という青年の奇矯《ききよう》な振る舞いを思いだして、おもわず暗いため息をついた。

「ところで、主任さん」

と、金田一耕助は岡田警部補を振り返って、

「この一件はいったいだれが発見したんです」

「はあ、そこにいらっしゃる青野さんが……」

「ああ、そう。それでは、青野さん、ちょっとあなたのお話を伺いたいんですが、ここではなんですから、つぎのホールへきていただけませんか」

青野は無言のまま不思議そうな目を光らせて金田一耕助のもじゃもじゃ頭をにらんでいたが、やがてのっそり立ちあがると、いかにもいとおしそうに冷たい妻のむくろを抱いて、そのくちびるにキスをした。そして、そのままほおずりよせて、女のからだを抱いている。まるでその耳になにかをささやきかけるように……。

金田一耕助はこの機会にもういちどこの夫婦を見くらべたが、まず第一にかんじたことは、相当年齢のちがった夫婦だということである。男はなかなか好男子だが、そろそろ額がはげあがっているところをみると、もう四十を越えているだろう。

それに反して、女のほうはせいぜい二十六、七というところである。タオルのパジャマを着ているので、体の線はよくわからないが、ほっそりとした姿のよい女だったにちがいない。顔などもうつくしいデリケートな陰翳《いんえい》でくるまれているが、どこか傷つきやすい魂を思わせるような美しさ、こわれやすいガラス細工の美術品を連想させるような美人である。細いまゆのひきかた、濃いルージュをみても、まんざらずぶの素人だったとは思えな

い。

やっと男が女のからだをはなしたので、金田一耕助は等々力警部をうながして寝室から外へ出た。

寝室の外のホールには、ここにもつくりつけの四角なテーブルがひとつ、それをとりまいて鎌倉彫りの木製のイスが四つ、ほかに籐《とう》の安楽イスがふたつある。

金田一耕助や等々力警部が寝室から出てきたとき、省三が私服やおまわりさんの力をかりて、むなしくなった松樹のからだを梁からおろしていた。たぶん松代が用意してきたのだろう、テラスのうえに毛布が敷いてあって、そこへ松樹のからだを寝かせるとき、省三がしきりに鼻をすすっているのが印象的だった。

「それでは、主任さん、あなたからもいちど青野さんにお聞きになってくださいませんか。わたしもここで傍聴させていただきますから」

「はあ、それでは」

と、岡田捜査主任はポケットから手帳を取りだすと、

「こちら、青野太一さんとおっしゃって年齢は四十二歳、お住まいは東京の田園調布、芝田村町の八光ビルに事務所をもっていらして、各種のブローカーをやっていらっしゃるそうです。奥さんのお名前は百合子《ゆりこ》さん、年齢二十六歳。なお、この別荘は青野さんご自身の所有物ではなく、ひと夏だけ持ち主から借りられたものだそうですが、そういうことは

万事奥さんが取り計らわれたので、どういうってでだれからこの別荘を借りられたものか、青野さんごじしんはご存じないそうです。奥さんは七月二十日からこっちへきておられ、青野さんは毎週ウィーク・エンドを利用してこちらへおいでになっていたそうです。だいたい、以上がこんにちまでの状態なんですが、それでは青野さん、けさこの事件を発見なすったときの事情を、もういちどあなたからどうぞ」

青野太一は、鎌倉彫りのイスから立ったり座ったり、落ちつかぬようすだったが、岡田警部補からうながされると、けげんそうにまゆをひそめて、

「主任さん、いったいこのおふたりは……？」

「ああ、そう、こちら金田一耕助先生といって、犯罪捜査にかけては著名なかたですし、それに心中のかたわれとみられている青年の祖母からこの事件の捜査を依頼されていらっしゃるんです。それから、こちらは……」

といいかけたとき、等々力警部がすばやくさえぎって、

「ああ、いや、わたしは金田一先生の弟子というか、助手というか、まあ、そんなもので、紹介していただくほどのものではありません」

と、うやうやしく頭をさげてホールのいちばんすみっこへ鎌倉彫りのイスをもっていったので、岡田警部補はおもわず金田一耕助の顔をみた。

「ああ、そう」

と、金田一耕助は岡田警部補に目くばせをすると、

「それじゃ、青野さん、けさのいきさつをお話しねがえないでしょうか」

「ああ、いや」

と、青野はあいかわらず疑わしそうな目で金田一耕助の顔をジロジロ見ながら、

「けさのいきさつったって大したことありません。十一時ごろここへきてみるとこのざまで、それこそ文字どおりびっくり仰天、ちょうど来あわせたご用聞きにたのんで、警察へしらせてもらったというわけです」

「ああ、なるほど。しかし、きょうは日曜日ですね。あなたはどうしてきのうのうちにいらっしゃらなかったんですか」

「もちろん、きのうくるつもりでした。ところが、土砂くずれのために信越線が一部不通になってるってことをラジオで聞いたんです。それで、上野駅へ問いあわせたら、復旧には今晩ひと晩かかるというので一日のばしたんです」

「ああ、なるほど、ところで、いま十一時ごろここへ着かれたとおっしゃいましたが、それではけさはずいぶんはやいお立ちでしたろうねえ」

「上野を五時五十分に立って中軽井沢着が十時三十分でした。百合子が心配してるだろうと思ったものだから……」

「それはごむりもございませんね」

と、金田一耕助は同情の意を示して、

「ところで、あなたはいま、文字どおりびっくり仰天とおっしゃいましたが、いままであの青年のことについてなにかご存じでしたか」

「いや、それが全然……そりゃ百合子は前身が前身ですから、いろいろ男友達はもっていたようですが、それは表立ったつきあいだけで、わたしの目を盗んで不埒《ふらち》をはたらくようなことは……いや、少なくともけさがたまでそう信じていたんです」

「前身が前身だからとおっしゃいましたが、奥さん、以前はなにを……」

「M・K・Dの踊り子だったんです。しかし、そのほうではあんまり芽が出なかったようです。元来があまり丈夫なほうではありませんから……」

「結婚なすったのはいつ……？」

「おととしのことです」

「失礼ですが、それ正式のご結婚なんでしょうねえ」

「いや、当分は内縁関係だったんです。しかし、わたしとしても百合子なしには生きていけないような気がしてきたので、その後正式に入籍しました」

「その後とおっしゃいますと……？」

青野は肩を怒らせてギロリと金田一耕助の顔をにらんだが、それでも仕方なさそうに、

「この七月のはじめですよ」

「ああ、そう。じゃ、ごく最近ですね」

金田一耕助がかるくいってのけて、等々力警部のほうへ視線を送ると、警部はにやりとわらって片目をつぶった。等々力警部は青野太一という男をしっているのである。

「ところで、あなたのご意見はどうでしょう。この事件、ふつうの心中とみてよいでしょうか。それとも……」

青野は急に慎重な目つきになって、

「これは心中かもしれん。しかし、心中としても、合意のうえの心中とは思えないんだ。百合子はむやみに死にたがるような女じゃない。だから、心中だとすると無理心中、あそこにいるあの色の生っちろい若僧が……」

と、青野は憎悪にもえる目をテラスにむけて、

「百合子をむりやりに絞め殺して、じぶんも首をくくりやがったにちがいない！」

と、いかにもどくどくしい口調であった。

7

ちょうどそこへK病院から救急車が死体ひきとりにやってきた。変死体だから、法規上いちおう死体は解剖に付されるのである。

そのまえに松代夫人や松子と死者との対面が行なわれたが、それは世にもいたましいものであった。

松代は涙もみせず、悲しみを露骨に表現することもなかったが、それでも松樹の死に顔を見おろしたとき、きっと閉じたくちびるがわなわなと痙攣《けいれん》するのをおさえることができなかった。

松代とちがってまだ年わかい松子が感情を制御することができなかったのもむりはない。

「兄さん！」

と、ひとこと叫んだ彼女は、そこに立っている省三の胸に泣きくずれた。省三は無言のまま松子の背中をなでている。

落葉松とシラカバの林のなかでおこなわれたこの対面は、かなり劇的なものであったが、さらにそのあとにより劇的なシーンが待ちかまえていたのである。

悲しみをおさえた松代が目頭をおさえながら、

「さあ、それでは……」

と、死体の運搬をうながしたときである。

林のなかの小道をころげるように走ってきたのは、きのう熊の平から軽井沢までいっしょだった美代子である。彼女は、松樹の死体をとりまく一群をみると、一瞬はっとひるんだように立ちどまって、顔から血の気がひいていった。さらに、松代夫人から、

「美代子!」

と、とがめるようなきびしいひと声を浴びせられると、彼女はしぼんだように肩をすぼめたが、しかし、すぐ気を取りなおしたらしく、食いいるように担架のうえの松樹をみながら、

「すみません。その担架、もういちどそこへおろしていただけません？」

と、哀願するような調子である。

「いいえ、それには及びません。その担架、はやく自動車のなかへ……」

と、きびしい松代夫人の言葉をみなまでいわせず、

「どうぞ、どうぞ、その担架、もういちどそこへおおろしになって……」

担架をかついだふたりの私服は、どうしようかというように、たがいに顔を見合わせていたが、それでも身もよじるような美代子の哀願に抗することができなかったらしい。

草のうえへ担架をおろしたとたん、

「美代子！　あなたは……」

と、するどい松代夫人の言葉も耳にいれず、美代子は無言のまま松樹の死体の胸のうえへ泣きくずれていた。

「美代子……」

と呼ぶ松代夫人の声の異様さに、金田一耕助がふりかえると、そこには大きなおどろき

と、困惑の色が動揺している。

「美代子……それじゃ、あなたは……それじゃ、あなたの……」

だが、美代子の耳にはそういう言葉も入らないらしい。彼女はこの美貌《びぼう》の青年のほおにほおをよせ、しっかり体を抱きしめて、まるでだだっ子がするようにかぶりを横にふりながら、ただ黙って泣いている。声をのんで泣いている。せぐりあげるようなはげしい嗚咽《おえつ》をかみころしている……。

金田一耕助と等々力警部が顔を見合わせていると、省三がそばへよってそっと美代子の肩を抱き、なにか耳にささやいた。美代子はすなおにうなずくと、松樹の体からはなれ、涙をぬぐいながらハンドバッグをひきよせた。なにをするのかとみていると、ハンドバッグのなかから取り出したのはつめ切りばさみである。

美代子はそのつめ切りばさみでひとふさ松樹の頭髪を切りとると、それをていねいに半紙にくるんでハンドバッグのなかへしまいこんだ。それから最後にもういちど松樹のくちびるにキスをして、省三にささえられながらよろよろと立ちあがった。

「美代子……」

松代夫人はおろおろした声で美代子をよんだが、美代子はそのほうをふりむきもしなかった。ただ無言のまま、ひとりひとり一同の顔を見まわしていたが、やがてだれにともなく頭をさげると、くるりときびすをかえして、そのまま林のなかの道をかけぬけていった。

ハンカチを目におしあてたまま……。

松代夫人はぼうぜんたる目で、そのうしろ姿を見送っている。

8

「ところで、主任さん」

やがて、ふたつの死体が救急車で運び去られ、常磐家の一族や青野太一がそれについて出かけていくと、あとは気落ちがしたような静けさである。

金田一耕助は岡田警部補をふりかえって、

「あの死体……あの首つり死体が常磐松樹君だということは、どうしてわかったんですか。なにか松樹君の身元を証明するようなものでも……」

「いや、寝室にあの男の着衣があることはあります。着衣ったって、開襟《かいきん》シャツにアンダー・シャツ、それからズボンだけですがね。もっとも、ズボンのなかには五千円ほど入った紙入れがありましたが、べつに身元のわかるようなものは入ってなかったんです」

「それじゃどうして……？　だれか松樹君をしってる男でも？」

「いや、それはそうじゃなく、ああ、そうそう、先生は旧軽《きゅうかる》から離山の北をとおっていらっしゃったんですね」

「はあ」

「それじゃおわかりにならないのもむりはありません。ここからまっすぐに中軽井沢へおりる道の途中に、自動車が一台エンコしてるんです。タイヤがスリップしたかなんかで、路傍から三尺ほどさがった沢みたいなところへ自動車がつっこんで、そのまま動かなくなったらしいんですね。その自動車のなかにある免許証から、ひょっとするということになって、常磐家へ電話をかけたら、あの上原という男が駆けつけてきたというわけです。むこうでも松樹がいないので探してたらしいんですね」

「ああ、そう。それじゃ、警部さん、ひとつそのエンコしてる自動車てえのをみにいこうじゃありませんか」

「しかし、金田一先生、あなたこの事件をどうお思いですか。心中か、それとも……」

「いや、いや、主任さん、万事は解剖の結果を待ってからにしましょう。縊死《いし》か絞殺かということは、場合によっては鑑定が非常にむつかしそうですからねえ」

さいわい、松代夫人がリンカーンに運転手をつけてのこしておいてくれたので、金田一耕助と等々力警部はそれを借用することにした。自動車が走りだすと、

「このリンカーンはだれのくるま?」

「はあ、松彦坊ちゃんのくるまでございます」

「ああ、それじゃ松彦君はくるまをおいていったんだね」

「はあ、社長さんがいられたからでしょう」

「ああ、そう、松彦君はおばあさんが怖いんだね」

「ああ、いや、まあ……」

と、運転手が言葉をにごすので、

「ときに、さっきのキャデラックはだれが運転していったの。マーキュリーは上原君が運転していったとして……」

「はあ、松子お嬢さまでございます」

「ああ、そう。すると、松子お嬢さまも運転ができるんだね」

「はあ、松子お嬢さまばかりじゃございません。社長さんだっておできになります」

「ほほう」

と、等々力警部は目をまるくして、

「あのばあさん、自動車の運転ができるのかい」

「はあ、おわかいときに免許をおとりになったんだそうです」

「それで、いまでもちょくちょくごじぶんで運転することがあるのかい？」

と、これは金田一耕助の質問である。

「はあ。きのうの朝なんかも、雷の跡がどうなってるかって、ごじぶんで運転してお出かけになりました。おみ足がちょっとご不自由ですが、ほかはとてもお達者なかたですから……」

「ああ、そう。それ何時ごろのこと……？」

「はあ、朝ご飯がおわってしばらくたってからでしたから、十時ごろだったんじゃございませんか」

「ああ、そう」

金田一耕助はかんたんに答えて考える。省三が、軽井沢から連絡があったからと、金田一耕助のもとへ電話をかけてきたのは八時ごろのことである。してみると、松代夫人は東京へ電話をかけておいてから、ひとりでドライブに出かけたことになる。いや、ひょっとすると、省三から等々力警部同行についてのお伺いの電話があったのちかもしれぬ……。

「ときに、松樹君はいつごろから姿が見えなくなったの」

「はあ、たしか金曜日の夜、夕飯をおすましになってから、自動車でお出かけになったきり……」

「それで、うちでは心配していなかったの？」

「さあ、そこまでは……」

と、運転手は言葉をにごして、

「たぶん、そのまま東京へおかえりになったと思っていらしたんじゃないでしょうか」

「あのひとたち、松樹君も松彦君も松子さんもずうっとこちらにいるの？」

「いいえ、そうじゃなく、松子お嬢さまはまだ学生ですからずうっとこちらにいらっしゃいますが、松樹坊ちゃんと松彦坊ちゃんは一週間交替なんです」

「でも、ふたりともいまこちらにいるじゃないか」

と、等々力警部のなじるような口調である。

「はあ、どういうんでしょうか、金曜日の夕方だしぬけに松彦坊ちゃんがいらっしゃいまして……」

「いったい、一週間交替というけど、何曜日にきて、何曜日に東京へかえることになってるの？」

「はあ、おひとりが日曜日の夕方か月曜日の早朝お立ちになりますと、もうおひとりのかたが月曜日の晩がたいらっしゃるということになっておりますので……」

「上原君はしかし、毎週、週末にやってくるんだね」

「はあ、あのかたは土曜日の午後東京をお立ちになって、日曜日の晩方か月曜日の朝早くここをお立ちになります」

「そうすると、松樹君や松彦君といっしょにかえるというわけだね」

「だいたいそういうことになりますね。松彦さんはちょくちょく約束をお破りになって、じぶんがさきにかえったり、わざとあとへ残ったりなさいますが……だいたいが松彦坊ちゃんてかたは横紙破りでいらっしゃいますから……」

「すると、三人みんな仲よしなんだね」

「はあ……それはもちろん」

　と、運転手は語気をつよめて、

「なんといっても上原さんがいちばん年かさでもあり、人間もしっかりしていらっしゃいますから、松樹坊ちゃんなんかとても頼りにしていらっしゃいます。松彦さんみたいなかたですら、そうのようですからね」

　省三の話をするとき、運転手の言葉ははずんで誇らしげであった。

「ときに、話はかわるが、美代子さんというひとはどういうひとなの」

「はあ……」

　と、運転手はちょっとためらったが、こんなことかくしておいてもわかると思ったのか、

「あのかたは上原さんのふたいとこにおなりとか……」

「そうすると、常磐家とはどうなるの？　松樹君や松彦君も上原君のふたいとこだが……」

「はあ、でも、上原さんのお父さんのお父さんが、社長さんの亡くなられたご主人、つまり松樹坊ちゃんたちのおじいさまのお兄さんになるわけですね。ところが、上原さんと小林美代子さんとはお母さん同士がいとこにおなりだとか……」

「ああ、そうすると、常磐家とはべつに関係ないんだね」

「はあ、でも、十五、六のじぶんから社長さんがお引き取りになって、とってもかわいがっていられたんですが……」

「かわいがっていられたんですが……どうしたの？」

「この春、女子大をお出になると同時に家を出られて、なんでも自活していられるそうです。わたしなどてっきりうちからお嫁にやられるものとばっかり思っておりましたが……」

金田一耕助は、さっきの劇的シーン、彼女が妊娠しているらしいことを思いあわせて、

「家を出たについてはなにか原因があるの？」

「さあ、そこまでは……」

この賢明な運転手は、血縁関係まで話すが、家庭内の秘事についてまでは語ることを好まないらしい。しかし、等々力警部は遠慮なく、

「ところで、あの娘、妊娠してるね」

「はあ、あの、わたしもさきほど久しぶりにお目にかかってびっくりしてしまいました」

「あいてはだれだと思う。かりに、松樹、松彦、上原の三君に限定してみて……」

「さあ……」

この運転手は、さっきの劇的シーンは見ていないのである。困ったように首をかしげて、

「そんなことはわたしどもには……」

「しかし、周囲ではみんな横紙破りの松彦君があいてだと思ってるんじゃない？」

金田一耕助がかまをかけると、

「はあ、そりゃ、わたしどもが考えてもやっぱり……あっ、あそこでございますね」

なるほど、山峡の道を急カーブすると、前方に自動車が一台、大きなボディーを路傍の湿地帯につっこんでいるのが見えた。いま金田一耕助がのっているのと同じリンカーンである。

金田一耕助と等々力警部は、乗ってきた自動車からおりて、エンコしているリンカーンを調べていたが、

「金田一さん」

と、等々力警部は声をひそめて、

「このくるま、下をむいてエンコしてますね。とすると、松樹はあの女を殺してからくるまでここまで逃げてきたが、自動車が動かなくなったので観念して、またひきかえして首をくくったということになりますか」

「またひきかえして、おもむろにパジャマに着かえて？　しかるのちに首つりをやらかしたとおっしゃるんですか。それに……」

「それに……？」

「この自動車、盗まれないようにちゃんと錠がおりてますぜ。首つりを決意した人間のや

ることとしちゃ、ずいぶんちゃっかりしてるじゃありませんか」

9

ホテルへ帰ると、等々力警部はさっそく東京の警視庁第五調べ室へ電話を申し込んでいた。

「警部さん、あなたあの青野という男をご存じなんですね」

「ええ、たしかに間違いないと思います。あいつはまえにいちど結婚詐欺で検挙されたことのある男ですよ。事件が未遂におわったのと証拠不十分で、起訴はまぬがれたんですけれどね」

「結婚詐欺というと、どういう種類の……？」

「いや、結婚して女房に生命保険をかけ、そいつを殺して自然死にみせかけて保険金を詐取しようとしたんですが、女房のほうで気がついて訴えて出たんですね」

金田一耕助はぎょっとしたように、

「それじゃ、そうとう悪質なやつですね」

「そうです、そうです。だから、こんどだってしれたもんじゃありませんぜ。けさの一番できたなんていってますが、ひょっとするときのうのうちにきてたんじゃ……」

「そういえば、汽車の時間をいやにはっきりいってましたね。けさ五時五十分に上野をたって十時三十分に中軽井沢へついたなんて……」

「それですよ。だから、いっそう臭いと思うんです」

「しかし、警部さん、あの男がなにか計画してたとして、それはどういうことでしょうねえ。まえにいちど保険金詐取に失敗した男が、おなじことを計画して、たとえそれが成功したとしても、当然、疑いはうけるでしょうからねえ」

「だから、こんどの場合はつつもたせじゃないかと思う。女房にお坊ちゃんの松樹を誘惑させて、いざとなったら居直ろうという寸法で、それで急に正式に入籍したんですぜ」

「まあ、そんなところでしょうかねえ」

「きっとそれにきまってますさあ。だから、あのばあさんがあなたをここへよんだのも、あの女のことを調査させようと思ったんですぜ」

「いや、わたしもそう思いますが、しかし、けさいったんそれを取り消したのは？」

「さあてね、そいつはわたしにもわからないが……」

と、等々力警部が小鬢《こびん》をかいているところへ、電話のベルが鳴りだした。東京へ連絡ができたのかと、警部が受話器を取りあげたが、

「ああ、金田一さん、上原君からです」

金田一耕助が電話へ出ると、これから自動車を迎えにさしむけるから、すぐきてほしい

という松代の意向をつたえた。

「ああ、そう」

と、等々力警部はその話をきくと、

「それじゃ、あなたいってらっしゃい。わたしは東京との連絡がありますから……それに、こととしだいによっては、こちらの警察へも注意しとかなきゃなりませんからね」

「ああ、そう。それじゃ……」

と、それからまもなくさっきの運転手がキャデラックを運転して迎えにきたので、金田一耕助はひとりで出向いていった。

常磐家の山荘というのは旧軽井沢でももっとも景勝の地にあり、山荘というにはもったいないほどの豪奢《ごうしゃ》なものだった。ここいらの別荘は利用して年にせいぜい二か月だから、普請なんかも手を抜いたのが多いが、常磐家の山荘は、そのままそっくり東京へもっていってもりっぱに本邸として通用するていのもので、庭なんかも芝の手入れがゆきとどいている。

車寄せで運転手が合図のサイレンを鳴らすと、省三は警察へ出向いていったとかで、付き添いの中川という婦人が出てきて、金田一耕助を松代の部屋に案内した。

松代はステッキをかたわらにおいたまま、大きな籐《とう》イスに座っていたが、その姿はまことに堂々たるもので、トキワ王国の主権者たるにふさわしい威厳にみちていた。

彼女は脚が不自由だから座ったまま失礼するとあいさつをして、金田一耕助に目のまえのイスをすすめた。そして、金田一耕助の席のきまるのを待って、

「金田一先生、あなたは聡明《そうめい》なかたでいらっしゃいますから、わたしがなんのためにここへあなたをお招きしたか、もうおわかりになっていらっしゃるでしょうねえ」

「はあ、ひょっとすると、あの青野百合子という婦人とお孫さんとの関係、ならびにあの婦人の身元調査という点にあったのではありませんか」

「いかにもおっしゃるとおりです。しかし、孫と申しましても、わたしは孫息子ふたりをもっております。そのどちらだとお思いになります」

「それはもちろん松樹さんの……」

「いいえ、それなら簡単だったのですよ、金田一先生、ところが、わたしがあなたに調査していただきたいと思ったのは、あの女のあいてが松樹か、松彦か、それをはっきり突きとめていただきたいと思ったのです。むろん、あの女の身元素姓も同時にですが……」

金田一耕助はじいっと相手の目を見すえて、

「奥さん、そこのいきさつをもう少し詳しく話していただけませんか」

「承知いたしました」

と、松代夫人もさすがに感情を整理するのがむつかしいのか、しばらく言葉を切っていたが、

「わたしがはじめてあの別荘のまえにちょくちょくうちのリンカーンがとまっているということを耳にしたのは、いまから三週間ほどまえでした。そして、その別荘というのがわかい女のひとり住まいらしいということをわたしに話してくれたのは、どこにでもよくある、あるおしゃべりな婦人でした。わたしは、それを聞いたとき、もしそれが事実だとすれば松彦だと思いました。松彦はもう学生時代からいろんなしくじりをしては、わたしに手をやかせてきたものです。ですから、またいまになにかいってくるだろう、いってきたらおしりをひっぱたいてやりましょうと、手ぐすねひいて待っていたのです。ほんとに、あの子には小さいときから、ほとほと手をやいてきたんですからね」

と、そこで松代はちょっと息を入れると、

「ところが、いまから五、六日まえ、ちょうど火曜日のことでした。わたしがじぶんで自動車を運転してあの別荘のそばを通りすぎると、なんとそこにリンカーンがとまっているではありませんか。車体番号まではみませんでしたが、松彦ならば、その前々日の日曜日の晩方、省三とふたりで東京へかえったはずです。そして、入れちがいに月曜日の夕方やってきたのが松樹です。そのときのわたしの驚きようったら！」

と、松代夫人はおおげさに肩をゆすって、

「松樹はいままで堅いいっぽうでとおってきた子です。ほんとに世話のやけないいい子でした。しかも、いまとてもよい縁談がすすんでいます。それだけにわたしのショックも大きかったんですが、しかし、すぐまた善意に解釈しました。ひょっとすると、松彦とその女のことを心配して、わたしにも内緒で松樹がなんとかしまつをつけようとしているのではないか。つまり、兄貴ぶりを発揮しているのではないか……そう思うと、金田一先生、わたしは涙が出るほどうれしかったのです」

「そりゃごもっともですね」

「そうでしょう、そうお思いになるでしょう。ところが、そのあとがいけなかったのです」

「とおっしゃるのは……？」

松代夫人はちょっと目をつむっていたのち、ふたたびぱっちりとそれを開くと、

「わたくし、これは松樹にはむりだと思ったのです。ことに、あいての女に男がついているらしいとおしゃべり婦人からきいたとき、松樹のようなお坊ちゃんではとてもだめだと思ったので、中川さんにたのんであの別荘のことを調べてもらったんです。そしたら……」

「そしたら……？」

「そしたら……」

と、松代夫人は煮え湯でも飲むような顔色で、

「あの別荘のもちぬしは東京にいらっしゃるんですが、中軽井沢の建築家本田さんという

かたが、あの別荘の差配をしていらっしゃるんです。ところが、そこへあの別荘をかりにきた男は、常磐松彦と名のったそうです。しかも、その人相風体をきくと、これが松樹なんです。そして、女のあいても松彦ではなく松樹だとはっきりわかったときのわたしのおどろき……」

こんどは松代夫人も目をつむらなかった。かえってイスからからだを乗りだし、

「それはねえ、金田一先生、松樹もまだわかいのですから、女のひとりやふたりできるのは仕方のないことです。むしろ、いままでいちどもそういうことのないあの子を歯がゆいくらいに思ったこともあります。好きならば人妻だっていいじゃありませんか。しかし、女といいことをするのに、たとえいとことはいえほかの人間の名前をかたるとは……ほかの人間に罪をかぶせるようなことをするとは……」

松代はギリギリ歯ぎしりするような調子で熱い息を吐いた。松代夫人の目には、おそらくさっきの死者と美代子との劇的な対面がうかんでいるにちがいない。

どういう事情があるのかしらないが、彼女は美代子の腹の子の父を松彦だとばかり信じていたのではないか。美代子もあえて弁解しようとはせず、また松彦もそのぬれぎぬに甘んじていたのではないか。松代夫人はいま松樹によい縁談がすすんでいるといったが、松樹はそのために美代子をつめたく突きはなしたのではないか……。

松代夫人もさっきのあの劇的シーンによって、そういう事情、じぶんのペットだった男

のエゴイズムがはっきりわかって、その大きな幻滅がこの偉大な婦人の血を煮えくりかえらせているのではないか。

金田一耕助は無言のまま、この気の毒な婦人のもえるようなひとみを見まもっていた。松代夫人もやっとおのれの感情を制御すると、

「いえ、あの、たいへん失礼いたしました。これはあなたに関係のないことでしたわね」

と、急に虚脱したような顔色になって、

「そこで先生にお願いしたいと申しますのは、あの女のしっぽをつかんでいただきたかったのです。あの女がなにかいいがかりをつけてきたとき、ぎゃくに相手をねじふせるような、なにかをつかんでおきたかったのです」

「なるほど。よくわかりました」

と、金田一耕助はうなずいてから、にわかに体をのりだすと、

「しかし、奥さん、けさになって急にそれを取り消そうとなすったのは……？」

しかし、松代夫人はすぐにはそれに答えないで、ただまじまじと金田一耕助の顔をみている。

「奥さん、こうなったら万事腹蔵なく答えていただかないと困るのですが、ひょっとすると、あなたは、きのうの朝、あの別荘に出向いていかれたのではないですか。そして、あの情景をみられたので、ぼくとの約束がかえって迷惑になってきたのではないのですか」

松代夫人は無言ながらも強くうなずいた。

「しかし、奥さん、ぼくとの約束をとりけしたからって、あの醜聞はおおいかくせるものではありませんし、第一、あなたはなぜきのうのうちにあれを届けて出られなかったのか。それから、なぜまたあれを殺人事件だとおっしゃるのですか。女に脅迫されて松樹君が逆上のあまりあいてを殺して、やむなくあとでじぶんも縊《くび》れて死んだのじゃありませんか」

松代夫人はだまってあいてのいうことを聞いていたが、やがてじぶんも体を乗りだし、

「金田一先生、あなたは誤解していらっしゃる。なるほど、わたしはきのうの朝、じぶんで自動車を運転してあの別荘へいきました。金曜日の晩、松樹がかえらなかったのが心配だったからです。しかし、金田一先生、わたしがそのときあそこで見た情景は、さっきあなたのごらんになった情景とはちがっていたのですよ」

「とおっしゃると……？」

「なるほど、女はベッドのなかで死んでいました。だれかに縊られて死んでいたのです。しかし、松樹の死体はあそこになかったのですよ」

「奥さん！」

と、金田一耕助はつよくいってから、急に声を落とすと、

「そ、それはほんとうですか」

「いいえ、それですから、松樹はだれかに殺されたと申し上げているのです。わたしが狼《ろう》

狽《ばい》のあまり、松樹の死体を見落としたんだろうなどと思ってくだすっちゃ困りますよ。女が縊られているのをみたとき、すぐにわたしは松樹のしわざではないかと思いました。それだからこそ、けさあなたとの約束を取り消したのです。それくらいですから、わたしはくまなくあの別荘のなかを調べておいたのですよ。バカな松樹がなにか証拠になる品をのこしていないかと……あそこに松樹の死体がぶらさがっていたら、わたしの目につかないはずはございません」

金田一耕助はすっくとイスから立ちあがった。かれの頭脳のなかをいまめまぐるしい思いが火箭《ひや》のようにかけめぐる。なにかしら漠然としたもやのようなものがものすごいスピードで旋回しはじめる。

きのうの朝、女の死体はそこにあったが、男の死体はそこになかった。そして、あの強烈な香水のにおい！　部屋のなかをしばらくいきつもどりつしていた金田一耕助は、とつぜん松代夫人の目のまえで立ちどまると、

「それで、奥さんはその犯人を松彦君だと思っていらっしゃるんですか」

「はい。さっきあの別荘のまえでお目にかかったときまではそう思っておりました。金曜日の夕方、だしぬけに松彦がやってきて、その晩から松樹がいなくなったのですからね。しかも、金曜日の晩、わたしが松彦を責めて問うたら、あの別荘をかりたのもじぶんだし、あの女もじぶんのものだなどと放言するものですから……いままで悪いことといったら全

部松彦でした。松樹は完全無欠な人間にできあがっているのに反して、松彦はいつもいつもわたしに手をやかせました。しかし、きょうはじめてその理由がはっきりわかったのです。わたしがふたりをそういうふうにしつけたのでした。松樹の母はわたしのお気に入りの嫁だったのに、松彦の母はわたしの気に染まぬ女だったものですから……だから、なにか一家の恥辱になるようなことが起こると、わたしはいつもそれを松彦のしわざだと思いこんだのです。たとえば、美代子がだれのタネともしれぬ子をみごもっているとわかったとき、わたしは頭からあいては松彦だときめてかかって、あの娘《こ》を追いだしたのです。美代子は弁解しませんでした。弁解しなかったはずです。あの娘は気位のたかい娘ですから、松樹に捨てられたとしってから、わたしの情にすがろうなどということは、あの娘のプライドが許さなかったのです。松彦も弁解しませんでした。あの子はぬれぎぬにあまんじていたんです。いつもいつもそうしてきたように……」

松代はふり落ちる涙をぬぐおうともせず、

「ねえ、金田一先生、わたしの聞いていただきたいことはここのところなんです。いままでぬれぎぬにあまんじてきたあの子が、いままで松樹の犠牲になることで満足してきた松彦が、こんどの場合にかぎって逆上するとかんがえるのはどうでしょうか。いいえ、あれは松彦のやったことではありません。犯人はきっとほかにおります。金田一先生、あなたにあらためてお願い申し上げたいのは、こんどは松樹のためではなく、松彦のためにほんとうの犯人を探していただきたいのです。警察では松彦に目をつけているようです。そして、いままであの子がやってきたこと、つまり、悪いことはなんでもじぶんのせいだときめてかかって甘んじてきたあの子の性格から考えて、松樹を殺したのもじぶんだとバカな告白をしないとも限らないのです。金田一先生、どうぞあの子を助けてやってください」

松代夫人のこの嘆願にたいして、金田一耕助が返事をするまえに、あわただしい足音をさせて入ってきたのは省三だった。

「お、おばさん！」

と、この男としては珍しく取り乱した態度に、松代はとがめるような目をむけて、

「省三、いったいどうしたというのです。美代子をつれてきてくれましたか」

「それが……それが……おばさん、これを読んでみてください！」

省三の血走った目からかれがわしづかみにしている数枚の便箋《びんせん》に視線をうつしたとき、松代夫人の顔からさっと血の気がひいた。

「美代子が……美代子が……」

と、わなわなとくちびるをふるわせて、

「どうかしましたか」

「美代ちゃんは死ぬ気なんです。まっきちゃんの終焉《しゅうえん》の地、軽井沢で、じぶんもあとを追いますって……まっきちゃんは身勝手な、わがままなひとでした。しかし、それというの

も、ひたすらおばあさまのお気にいりたいという一心が、あのひとをそうさせたのです。そういう意味で、まっきちゃんは彦ちゃんより弱いひとでした。あたしはその弱さに同情し、あのひとを愛したのです……」

「よして！　よして！」

　と、松代夫人は金切り声をはりあげた。

「あの娘《こ》をさがして……あの娘を死なしてはなりません。あの娘の腹には松樹のタネがやどっている！」

　こんな場合でも、この立志伝中の老婦人は、おのれのエゴイズムを捨てきれなかった。そして、このエゴイズムがふたりの孫をあやまらせたのであろう。

「失礼しました、おばさま」

　省三はにわかに冷淡な態度にもどると、

「むろん、美代ちゃんのゆくえは極力さがさせます。あやまちのないように取り計らいます。ところが、金田一先生」

「はあ」

「ここにちょっと興味のあることが書いてありますよ、美代ちゃんの遺書に……」

「とおっしゃると……？」

「読んでみますから聞いていてください……なお、死んでいく身によけいなおせっかいかもしれませんが、さっきあの別荘であった額のはげあがったひとが亡くなったご婦人のだんなさまだとすると、ちょっと妙なことがあります。あのひとはきのうわたしとおなじ汽車できたのです。げんに、熊の平でわたしがバスに乗ろうとするのを突きのけて乗りこんだので、ひどいひともあればあるものだと強く印象にのこっているのです。したがって、あのひとはきのうのうちに軽井沢へきているはずだのに、けさまであれが発見されなかったのはなぜでしょうか。なにかの足しにもと思って書き添えておきました……」

金田一耕助はだまってそれを聞いていたが、やがて、あいてにいってきかせるようなのろのろとした口調で話しはじめた。

「上原さん、あの男については、すでに等々力警部が東京のほうへ照会を発しております。あの男の挙動に不審の点があるのは、警部さんも見ぬいているのです。しかし、上原さん、この事件でもっとも問題になるのは、あのバカな香水のにおいだと思うのですよ」

「とおっしゃいますと……？」

と、松代刀自《とじ》がいぶかしげに質問した。

「いや、ものにはそれぞれにおいというものがあります。たとえば、このお宅にはこのお宅のにおいがあり、豚小屋には豚小屋、馬小屋には馬小屋のにおいがあります。もし、かりに松樹君の死体がそうとうの時間ある特定の個所に押しこめられていたとしたら、松樹君の死体にはその場所のにおいがしみついていたにちがいありません。そのにおいを消すために、ああいうバカな香水の使いかたが必要になってきたのではないかと、いま奥さんの打ち明け話をうかがっているあいだに、ぼくは思いあたったのです。しかし、上原さん」

「はあ」

省三のほおからは一瞬血の気がひいていたが、すぐまたもちまえの快活さをとりもどすと、いどむような目で金田一耕助に対決した。

「美代子さんのそのご注意については、わたしからも等々力警部に申しつたえておきましょう。ありがとうございました」

金田一耕助はなにかの暗示をあたえるように、まじまじと省三の顔をみつめていたが、やがてペコリとお辞儀をすると、飄々《ひょうひょう》としてその部屋から出ていった。

10

その日の夕方から夜にかけて、軽井沢の警察はてんやわんやの騒ぎであった。

まず省三の要請によって美代子のゆくえが捜索されることになった。調べてみると、汽車にもバスにも乗った形跡がないので、美代子は遺書にもかいてあるとおり軽井沢の山中で自殺を決行するつもりなのだと、町の消防団や青年団の協力をえて、山々丘々の大捜索が開始された。

それにつづいて軽井沢警察をおどろかせたのは、東京から等々力警部の部下の新井刑事が急行してきたことである。そして、新井刑事によって青野太一という男が結婚詐欺の常習犯であることが指摘され、かつまたかれが土曜日の朝の下り準急に乗っていたことが二、三のひとによって証明されるにおよんで、岡田警部補の興奮は大きかった。

すぐさま青野の出頭が要請され、金田一耕助や等々力警部、さては新井刑事立ち会いのもとに、厳重な取り調べが開始されたが、青野は平然としてうそぶいていた。

「あなたがた、なにを勘違いしていらっしゃるのかしれませんがねえ」

と、正体がばくろした青野太一は、もちまえのふてぶてしさを発揮して、

「わたしゃたしかにきのうの朝、上野発の準急でこちらへやってきましたよ。だから、本来ならば二時まえにあの別荘へついてなきゃならんはずです。ところが、あのいまいまし い土砂くずれのおかげで、別荘へたどりついたのはきのうの午後の四時ごろでしたが、そんときゃ百合子のやつ、ピンピンしてましたよ」

「な、な、なんだと？　そ、そりゃほんとか？」

と岡田警部補がいきまいたのと、金田一耕助がはっと顔色をうしなったのと同時だった。

「ええ、ほんとうですとも。ねえ、主任さん、わたしゃこれでも近代人ですからね、医学というもんを信用するんです。いま、常磐のばあさんの要請で、東京からえらい先生がお

みえになって、ふたりの死体を解剖してるっていうじゃありませんか。わたしゃその結果をたのしみにしてるんですよ。死後の推定時間というやつがありましょう。ですから、いまに見ててごらんなさい。ふたりが死んだなあ、きのう、つまり土曜日の晩の六時以後だってことが証明されまさあ。だって、あたしがあそこを出た六時ごろにゃ、百合子は生きてたんですからね。あたしゃ六時ごろあの別荘を出て、六時三十分中軽井沢発の下りにのって長野へついたのが八時三十分ごろ、駅のちかくの『藤屋《ふじや》』という旅館に泊まってきたんですから、なんならひとつアリバイ調べというやつをやっていただきましょうか」

と、青野太一はせせらわらった。

青野の態度が自信にみちていればいるほど、金田一耕助の顔色はわるくなる。

きのうの朝、常磐松代があの別荘をたずねていったとき、女は死んでいたのだ。いや、松代夫人は死んでいると思ったのだ。松代夫人がそう思ったくらいだから、女をしめた男もそう思いこんだにちがいない。ところが、青野太一が土曜日の午後四時ごろ別荘へやってきたとき、女はピンピンしていたという。この男が死後の推定時間までもちだしてこういう以上、そこにいつわりがあろうとは思えない。

とすると、土曜日の朝の女はほんとうに死んでいたのではなかったのだ。女はたんに仮死状態にあったのだ。それを、女を絞めた男と松代夫人のふたりまでが、金曜日の晩、女は絶息したものと勘違いしてしまったのだ。しかも、その女は、日曜日の朝、またあらためて絞殺死体となって、しかも、こんどは完全死体となって発見されている。

金田一耕助の胸はうずいた。あまりにも皮肉な運命に、かれの心はうちひしゃがれた。かれの胸中にある人物は松樹だけで、それもあやまって殺したのであろうと思っていた。しかし、いまの青野の話をきくと、その人物はもうひとり百合子という女を殺している。

かれはもう青野の話をきくに耐えなかった。この男は、おそらく百合子にゆうべある男に殺されかけたことをきいたにちがいない。それにもかかわらず、百合子ひとりをそこにのこして長野へたったというのは、かれはかれなりに、なにかの計画があったにちがいない。百合子を絞めた男がもういちどやってくるのを百合子に待ちぶせさせて、脅喝のタネをよりいっそう太らせようという腹だったのではないか。そして、それにはじぶんがその場にいないほうがよいということになって……しかし、この悪辣《あくらつ》な夫婦のもうけたわなにおちたのは、かれらが待っていた男ではなかったのだ……。

金田一耕助は蹌踉《そうろう》としてその部屋から出ていったが、それから二時間ののち、法医学の第一人者、F博士から発表された検視調書は、一部青野の言葉を裏書きしていた。

ここに一部といったのは、常磐松樹と青野百合子の死亡時刻には、大きな食いちがいがあったのである。

むつかしい専門用語をいっさいはぶいて、かんたんにその検視調書の眼目を紹介すると、常磐松樹の絞殺されたのは土曜日の午前五時から六時までのあいだとみなされるのに反して、青野百合子が絞殺されたのはその夜の十一時から十二時までのあいだであろうという。つまり、松樹のほうが女より十八時間はやく死亡しており、女の殺された時刻には青野太一は完全なアリバイをもっていた。

11

金田一先生。

あなたが私、すなわち上原省三にこのお手紙をしたためる余裕をあたえてくだすったことにたいして、私はふかく感謝するものであります。また、聞くところによると、先生は青野百合子なる女性の死亡時刻が常磐松樹の死亡時刻より十八時間もあとだったということをしられたとき、さすがの先生もこのうえもなく驚倒されたということですが、それはおそらく心温かな先生が不幸な私のために泣いてくだすったのであろうと、私は二重の意味で先生に満腔《まんこう》の感謝の念をささげるものであります。じっさい、運命のいたずらというものは、いつ、どこに転がっているのか測り知れないものがあります。あののろわしい土曜日の朝まで、私があのまっきちゃん(失礼ですがこういう愛称をもってかれを呼ぶことを許してください。そうでないと、かれの感じがでないのです)を手にかけて殺そうなどと、いったいだれが思いおよびましょう。だいいち、私自身がいまもって信じがたいくらいですから。まったく夢のようだというのは、こういうときに使う言葉でしょう。

まっきちゃんと私とは大の仲よしでした。これは単にまっきちゃんのみにとどまらず、彦ちゃんともまっこちゃんともそうでした。三人とも幼いころから私を信頼してくれ、私もまたあのひとたちの信頼にそむかざらんよう努力してきたのです。しかし、そういうちにもまっきちゃんがいちばん私を信頼し、もっとも私を頼りにしてくれたのです。そして、その信頼ゆえに私はかれのもろもろの悪徳、身勝手、わがまま、エゴイズムを許してきたのです。

だが、そのことがこのような大きな災いを招こうとは！　あのときまっきちゃんが、私を頼らず、どこかほかへ逃亡していたら、かれも身をそこなうこともなく、青野百合子なる女性も命をうしなわずにすんでいたであろうに！

しかし、こういう愚痴めいた言葉を繰り返すことによって、先生の貴重な時間を空費することは避けねばなりますまい。それでは、ここに簡単に、事件の経過を羅列させていただくことにいたします。

まっきちゃんの電話によって私が呼び起こされたのは、土曜日の早朝かっきり五時のことでした。先生もご存じのとおり、私は紀尾井《きおい》町にある常磐家に同居しており、母屋《おもや》とはべつの一棟をあてがわれております。そして、私の寝室のとなりに電話がついているのです。私はその電話に出てみて、それがまっきちゃんからであるのにまず驚きました。

まっきちゃんの要請はこうでした。じぶんの一身上の一大事について、ぜひ相談に乗ってもらいたいことが持ち上がったから、だれの目にも触れないように、至急会って欲しいというのでした。そこで、私はすぐにこちらへくるようにといいました。まだ五時ですから奉公人も起きてはおらず、裏門をあけておくからそこから忍んでくるようにとつたえたのです。そのとき私はいったい何事が起こったのかと思いました。まっきちゃんは、なにか困ったことをしでかすと、いつも罪を彦ちゃんにおっかぶせるのが常でした。私もつねづねそれを苦々しいことに思い、いつかは是正しなければならぬとは思っていたのですが、しかし、まさかあのような大それたことをしでかしていようとは！

五時二十分ごろまっきちゃんがやってきました。まっきちゃんの顔は真っ青で、それこそ幽霊でもみてきた人間のようでした。いや、じっさいそのときまっきちゃんは幽霊以上のものを見てきていたのです。

まっきちゃんを落ち着かせるために、私は相当骨を折らねばなりませんでした。そして、まっきちゃんがようやく落ち着き、その話をきいたときの私のおどろき！

あの別荘の女のことについては私もうすうすしっていました。そして、そのことについておば（じっさいは大叔母《おおおば》ですが、これも慣例によっておばと呼びます）があなたに調査を依頼しようとしていることも……しかし、まっきちゃんがその女を殺そうとは！

むろん、まっきちゃんはその女を殺そうとして殺したのではありません。これはかれの弁解をまつまでもなく、まっきちゃんは計画的な殺人などできる人間ではありません。まっきちゃんの話によると、女から脅喝されて、つまり祖母に打ち明けると詰め寄られて、怒りのあまり夢中でのどをしめたら、女が絶息してしまったというのです。

それはそうだろうと思いましたが、しかし、金田一先生、おなじようなことがその直後に私自身に起ころうとは！

それはさておき、まっきちゃんはおどろいて逃げ出しました。そのとき、まずかれの頭にうかんだのは私のことだったそうです。そこで、私に相談しようと、夢中で自動車を走らせているうちに、車体を沼沢地に突っこんでしまいました。そこで、自動車をすて、中軽井沢の駅にたどりついたのが十一時、ちょうど直江津発の上り終列車に間に合ったのです。そして、かれが無事に碓氷のトンネルを通過してから約二時間ののちに、あの大雷雨と土砂崩れがあったとお思いください。

まっきちゃんの相談というのは、まことに身勝手なものでした。なんとかしてこの事件の責任を回避したいというのはまだしもとして、例によってこれを彦ちゃんに転嫁するくふうはないかというのでした。私はむろんかれの反省を求めました。かれに自首をうながしました。かれはむろん猛烈に反抗しました。そして、おたがいにえり髪つかんで争っているうちに、私はまっきちゃんが絶息していることに気がつきました。

金田一先生。

それはほんとにもののはずみだったのです。しかし、そこに嫉妬《しっと》という悪魔が潜在意識的に私に働きかけたのではないかということをここに告白しておきましょう。私はふかくじぶんのふたいとこの美代子を愛していたのですから。

それはともかく、まっきちゃんを殺してしまったと気がついたときのじぶんの周章狼狽《しゅうしょうろうばい》ぶりは、いま思い出しても冷や汗が出るようです。たったいまのさきまっきちゃんに自首をすすめていたじぶんが、おのれの身にふりかかってきたとなると、自首どころか、なんとかしてこの責任から逃れようと、四苦八苦、百方思いをめぐらせたのですから。

その結果、思いついたのが、ちょうどさいわい、その日が軽井沢へ出向いていく日になっていることで、自動車の後尾トランクに死体をつめていき、まっきちゃんが殺した女の死体とふたりならべておいて、心中と見せかけようという計画でした。

この計画はうまくいきそうな気がしました。ただ問題は、その日が土曜日ですから、女の亭主がやってきはしないかということでしたが、まっきちゃんの話によると、亭主はめったにやってくることはなく、じぶんたちに思う存分に姦通《かんつう》させていたらしいということです。結局、私はこれもひとつの賭《かけ》なのだと思いました。亭主がきていたら、また、私が軽井沢へ着くまえに女の死体が見つかっていたら、ほかになにかまたくふうがあるだろう。どちらにしても、まっきちゃんの死体を軽井沢へ運んでいって、すべてがむこうで起こったように見せかけようという計画だけは変更しないことにきめました。

それだけに、七時半ごろ軽井沢のおばから電話がかかってきて、先生を自動車でおつれするようにとの命令をうけたときの私の驚き、当惑……それはよろしくご想像におまかせいたします。さらにそれに輪をかけて、先生から警視庁のほうへ車をまわすようにとの要請をうけたとき、あまりにも皮肉な運命に、私は戦慄《せんりつ》すると同時に、また抱腹絶倒もしたのです。死体を後尾トランクに詰めた自動車に警視庁の警部さんを乗っけていく。世にこれほどたしかな通行手形がありましょうか。

だが、そうはいうものの、金田一先生、私はけっして得意になっていたのではありません。あの五時間の道中は、私にとっては戦慄の連続だったのです。それが逆に私のから元気を扇動し、警部さんとのたわいもない掛け合い話になったわけです。

さらにもうひとつ私を戦慄させたのは、思いがけなく熊の平で美代子に呼びかけられたことでした。私はまた運命の皮肉に戦慄し、恐怖しました。私は美代子の腹の子の父がだれであるかをしっていたのです。その父は、いま後尾トランクに死体となって冷たくなっている！

しかし、こういう戦慄と恐怖にもかかわらず、私はだれに疑われることもなく、首尾よくまっきちゃんの死体を軽井沢まで運ぶことに成功しました。そして、その夜の十一時過ぎ、私はいよいよおのれの計画を実行にうつすことに着手したのです。そのとき私が多量の香水を用意したのは、先生が看破されたとおりの理由によるものでした。先生もおっしやったとおり、ものにはそれぞれのにおいがあります。十数時間のながきにわたって、自動車のバック・トランクに詰められていた死体に、その移り香、たとえばガソリンや排気ガスのにおいのようなものが浸透してはいないかということを私はおそれたのです。しかも、さいわい、かれは香水王国の御曹子《おんぞうし》ではありませんか。私の計画は万事首尾よくいきそうでした。別荘をうかがってみると、亭主がきているらしい気配もなく、また寝室をのぞいてみると女はパジャマのままベッドのうえに倒れていました。私はそれを死んでいることと思い、先生の見られたような舞台装置をつくりあげました。そして、いままさに立ち去ろうとしたところを、あの女に呼びとめられたのです。

あの女もなんというバカでしょう。あのまま死んでいるふりをしていてくれたら、おのれも命を失わず、私も無用の殺生をせずにすんだのに……しかし、女はピストルをもっていて、それを頼みにしていたらしいのですが、女がピストルをもっていたということと、私にたいして脅迫がましいことをいったということが、私に前後を忘れさせたのです。

金田一先生。

これでひととおり今度の事件について申し上げました。先生のようなかたにこれ以上蛇足を付加する必要はないでしょう。私はきのう千ガ滝の山中で美代子の死体を発見しました。美代子は、まっきちゃんの遺髪を胸に、みずから頸動脈《けいどうみゃく》をたって死んでいたのです。それはいかにもやすらかな死に顔でした。私もこの手紙を書きあげると同時に、美代子のところへいって、そのかたわらに身をよこたえるつもりです。そして、彼女にならって、私もおのれの頸動脈をたちましょう。しかし、そのまえに、私は美代子とじぶんの体のうえに、香水をたっぷりかけることを忘れないつもりです。たとえ美代子の心がまっきちゃんにあろうとも、またこれが後追い心中であろうとも、こんどこそほんものの香水心中なのです。

では、金田一先生、さようなら！

百日紅《さるすべり》の下にて

それは戦争が終わってから、ちょうど一年たった昭和二十一年九月はじめの、とある夕方のことである。

あたり一面焼野原になった、市ケ谷《いちがや》八幡《はちまん》の近所の坂を、ひとりの男が汗を拭《ふ》きながらのぼってきた。

その頃の東京の住人としては、珍しく身だしなみのいい男で、いくらか擦《す》りきれて光るところがあるとはいえ、仕立てのいい黒い背広を着て、よごれ目のない白いワイシャツの襟には、瀟洒《しょうしゃ》なひもネクタイを結んでいる。帽子も黒いベレー帽。

いったいベレーというやつは、かぶる人によっては気障《きざ》にも軽薄にも見えるものだが、その男にかぎって、それがいかにもしっくり似合っていた。瘦《や》せぎすの品のいい面差《おもざ》しだが、どういうわけかひどく沈んだ顔色をしている。

年齢のところはよくわからない。見当がつかないのである。四十前後というところがほんとうらしいが、どうかすると、ひどく老人に見えるのは、暗い、沈んだ表情のせいかもしれない。ベレー帽の下からはみだした頭髪にも、白いものが目立っている。

男は二、三歩坂をのぼるごとに、ひと息入れるように立ち止まっては、ハンケチを出して額の汗を拭《ぬぐ》う。

それというのがその男は脚が悪いのである。左の脚は義足らしく、それを引きずるようにしながら、太いステッキによりかかって、坂をのぼってくるのである。このへんの坂はふつうの人間でも、息ぎれのする急傾斜をしているのだから、義足ではのぼるのに骨が折れるのも無理はなかった。

男はまた立ち止まってあたりを見回す。

終戦後一年の歳月を経過しているのに、まだほとんど復興のいぶきの見られないそのへんいったい、累々たる瓦礫《がれき》の堆積《たいせき》なのである。焼けるまえにはそうとうなお屋敷がならんでいたらしく、建物は跡方もなく焼けくずれているものの、庭石だの、石燈籠《どうろう》だのが、あちらこちらににょきにょき立っているのが、昔をしのばせて、いまさらのように廃墟《はいきょ》の哀愁をそそるのである。

突然、どこかでジージーと蟬がなきだした。

「ああ、蟬がないている」

この人影もない、死のような廃墟のなかで、蟬の声を聞いたことが、世にも意外な出来事のように、男はそうつぶやいて、ものうい瞳《ひとみ》を上げた。遠くのほうに焼け残ったひとむらの木立ちがあって、蟬はそこへきてないているらしい。

しかし、その声もすぐ歇《や》んで、あとは廃墟のもの悲しい静けさである。あたり一面、時を得顔にはびこった雑草のなかに、焼けただれた庭石や石燈籠が、落日の余光を吸って、白ちゃけた沈黙を守っている。

男はまた義足の脚を引きずって、のろのろと坂をのぼりだした。

突然、坂の上からチリチリと、けたたましいベルの音をひびかせて、郵便配達人をのせた自転車が一台、坂を下ってきた。

郵便配達人は義足の男のそばまでくると、ひらりと自転車から飛び降り、義足の男にジロリと怪訝《けげん》そうな一瞥《いちべつ》をくれると、自転車を押して用心ぶかく坂を下っていった。坂を下りきるまでに、三度も彼があとを振り返らずにはいられなかったほど、義足の男の面差しには、異様な暗さがただよっていた。

義足の男はとうとう、かれの目差す一画へたどりついたらしい。坂の少し上手を見て、

「おお、百日紅《さるすべり》の花が咲いている」

そうつぶやくと、いかにももどかしそうに、義足の脚を引きずって、せかせかと坂をのぼっていくと、百日紅の咲いている、二百坪ばかりの敷地のなかへ入っていった。

そこもまた雑草と瓦礫の海だったが、焼けるまえにはそうとうのお屋敷が建っていたらしいことは、雑草のなかに残った、日時計からでもうかがえるのである。

ほかの樹木という樹木が、全部焼けただれて、黒く立ち枯れているなかに、百日紅の樹がただいっぽん、幹の半面を火にあぶられながら、こぼれるように紅い花を開いているの

が、義足の男の目には奇跡のようにうつったらしい。

　義足の男はせかせかと雑草をかきわけて、その樹のそばへよると、まるでいとし児でも愛撫《あいぶ》するように、すべすべとしたその肌をなでまわした。すると往時を追慕するように、うっとりとその目がうるみ、やがて淡い涙がにじんできた。

　義足の男はそれに気がつくと、苦笑をもらし、慌ててハンケチを出して涙を拭うと、百日紅のそばを離れ、感慨ぶかげにあたりの廃墟を見まわしていたが、やがて日時計のそばにある石のベンチに腰をおろした。

　そこからはるかに見下ろす市ケ谷のお濠《ほり》へかけて、かなり広い傾斜面が、一面の焼野原である。落日の影をやどして、燃え上がるようなお濠の水でさえ、廃墟のいろが濃いのである。

　義足の男はつくづくそれを眺めまわしているうちに救いようのない鬼気を感じたように、惻然《そくぜん》と身をふるわせた。

　ちょうどその頃、坂の下ではさっきそこを下っていった郵便配達人をつかまえて、ひとりの男が何か訊《たず》ねていた。復員者ふうの男である。郵便配達人は坂の上を指さしながら何かいっている。間もなく復員者ふうの男は、かるく一礼して、わかれると、坂をこちらへのぼりはじめた。

　義足の男は見るともなしにそれを見ていたが、やがてまた瞳を転じて、市ケ谷のお濠を越して九段のほうを望見する。

しかし、彼の眼はけっして、そのあたりの景色を見ているのではない。彼の眼は一見遠くのほうへ向けられているように見えるけれど、その実は、心の奥ふかく食いいって、そこにうずまいている古疵《ふるきず》を、執拗《しつよう》なまでに舐《な》めまわしているのである。

いつかまた、彼の眼には涙がうかんだが、こんどはもうそれを拭おうともせず、溢れ出る熱い露が、頰をつたうままにまかせていた。

「あの……ちょっとお訊ねいたしますが……」

だしぬけに声をかけられて、義足の男は卒然として顔をそむけた。あわててポケットからハンケチを取り出して、汗を拭うような真似をしながら、急いで頰をつたう涙を拭いた。

「はあ、何かご用で……」

涙にうるんだ声の変調をさとられないように、義足の男は顔をそむけたまま、ひくい声でつぶやいた。

「このへんに昔、佐伯一郎《さえきいちろう》さんというひとのお住居があったはずなんですが、どのへんだかご存知ありませんか」

義足の男は驚いたように振り返ると、まじまじと相手の姿をながめている。

さっき坂の下で郵便配達人をつかまえて、何か訊ねていた復員者ふうの男である。年のころは三十五、六か、小柄で、貧相な男だが、見事に南方焼けのしているのが目についた。

おそらく復員したばかりなのだろう。肩から雑嚢《ざつのう》をかけている。

「佐伯一郎の家ならここでしたが……」

そのとたん、復員者ふうの男の目に、キラリと異様な光がうかんだ。

「ああ、そうですか。それで佐伯さんはいまどちらに……」

義足の男の眼に、かすかな危懼《きぐ》のいろがうかんでいる。怪しむように、まじまじと相手の姿を見守りながら、

「佐伯一郎に何かご用ですか」

「はあ、ちょっと……」

「佐伯一郎ならこの私だが……」

復員者ふうの男はしろい歯を出してにっこり笑った。笑うと案外、人なつっこいところのある男である。

「ああ、やっぱりそうでしたか。さっきからそうではないかと思っていたのですが、聞いていた風貌《ふうぼう》と、あまり変わっていられるものですから。……いや、失礼しました。ぼくは川地《かわじ》君の戦友で同君のことづけを持ってきたものです。ご存知でしょう、川地君、川地謙《けん》三《ぞう》君……」

瞬間、義足の男の眉《まゆ》がピクリと動いた。そうでなくても暗いおもてを、さっと一瞬、おびえに似た影が走った。

「川地君から私にことづけ……？」

「ええ、そうです」

「そして、川地君は？」

「死にましたよ。ニューギニヤで」

義足の男、佐伯一郎の顔には、その瞬間、一種複雑な表情が動揺した。それは苦悩と悔恨と安堵《あんど》のいりまじったような表情だった。しばらく彼は感慨ぶかげに、黙然として自分の足の爪先を見つめていたが、やがて復員者ふうの男のほうに顔を向けると、

「それで、川地君のことづけというのは？」

「川地君はある事件について、あなたと談合してほしいというのでした。川地君は死の直前までその事件について心を悩ましていました。佐伯一郎氏を訪ねて、この事件について談合し、謎を解いてくれたまえ。それでなければ、自分は死んでも死にきれぬといっていました。こういえば、ぼくがなんのことをいっているのか、あなたにはおわかりのことと思いますが……」

佐伯一郎は復員者ふうの男の顔を、まじまじと見つめていたが、やがて、渋い、皮肉な微笑をうかべると、

「あなたのいっていられることは、わかるような気がします。しかし、あの事件に、まだ

謎が残っていると、川地君はいうのですか。いっさいは解決されたはずだと思うのですが……」

「その解決が間違っていると、川地君はいうのです。そして、そのことは、だれよりもよく自分が知っていると主張するのです」

佐伯一郎の顔に、また、皮肉な微笑がうかんだ。

「人間は死の瞬間でさえ、正直にはなれぬとみえる」

と、わざと聞こえよがしにつぶやいて、それから相手の顔を見守りながら、

「それであなたがその事件について、ぼくと話し合ってみたいとおっしゃるのですね」

「そうです、そうです」

復員者ふうの男はいくらか口ごもった口調でいった。

「そして、私と話し合えば、謎が解けるというのですね。もし、まだ謎があるとして……」

「そうです。多分、解けるだろうと思うのです」

佐伯一郎はあいかわらず、皮肉な微笑を口もとに刻んだまま、しばらく相手の顔を見守っていたが、やがて、ゆっくりとした口調で、

「私はいま、世田谷《せたがや》にある親戚《しんせき》のうちに間借りをしているんですが、そこへお供しましょうか。それとも……」

と、あたりを見回して、

「ここでは話ができませんか」

復員者ふうの男はあらためて、落莫《らくばく》たるあたりの廃墟《はいきょ》を見回した。陽はいよいよ西にかたむいてようやく物の影の長くなった廃墟いったい、人の影はどこにも見えなかった。

「いや、私は少し急ぎますので、ここでも結構です。いや、ひょっとすると、この場所こそ、あの事件について語り合うには、もっとも格好の場所かもしれません。おそらくあの事件はここで起こったのでしょうから」

「そうですか。それではどうぞ……」

復員者ふうの男は招きに応じて、かまえのなかへ入っていくと、指さされるままに、佐伯の座った石のベンチの、ま向かいにある平らな庭石に腰をおろした。

しばらくはどちらも無言で、たがいにさぐりあうように、相手の顔を見守っていた。それからどちらからともなく、たばこを出して火をつけた。しかし、復員者ふうの男は一服すると、すぐにその火を揉《も》み消して、大事そうにポケットにしまうと、きっと相手の瞳《ひとみ》をのぞきこんだ。

「川地君のいうのには、あの話題に入るまえに、あなたに会ったら、まず、由美という女性について、あなたに語ってもらってくれというのです。川地君の言葉によると、そのひとこそ、この事件の動機になっているのではないかというのです。たしかあの事件は、由美という女性の、一周忌の晩に起こったのでしたね」

一度落ち着きを取り戻していた佐伯の顔に、また動揺のいろが現われた。しかし、すぐにそれをおさえると、依然として、皮肉な微笑をうかべたまま、

「川地君がそういうのですか」

「そうです」

「川地君がなぜそう考えたのか知らんが……」

と、佐伯はゆっくりたばこを吸いながら、

「由美のことなら、いくらでもお話しします。いまも私はあれのことを考えていたところなんです。今日私がここへ来たというのも、かつてあれと二人で、楽しく暮らしたあとをしのびにきたんですよ。はっはっは、この年をして、こんなことをいうと、さぞ愚かな男だと思われるでしょうが、そう思われたってかまわない。私にとってはあれは宝でした。いや、永遠に宝なんです。由美はいまも私の思い出のなかに生きているのですから。実はいまも、あれが生前愛していた百日紅《さるすべり》が、奇跡的に焼け残って、花をつけているのを見て泣いていたのです。あなたがさっき、私に声をかけられたときも、私はあれをしのんで泣いていたんです。はっはっは、どうぞ、愚かな男、女々《めめ》しい男だと嗤《わら》ってください」

佐伯は咽喉《のど》の奥でかすかに笑った。頰がしだいに紅潮してきて、瞳がうるんだように光っていた。佐伯は咽喉にからまる痰《たん》をきると、また言葉をつづけた。

「由美は私が創りあげた女なんです。そうです、そういっても間違いはないでしょう。私はあれを九つのときから手塩にかけたのです。そのとき私は大学を出たばかりで、たしか二十四歳だったと思いますが、最初から私はあれを、成人したら自分の妻とも愛人ともするつもりでした。私が妻を、あるいは愛人を得るのに、なぜそのような手数のかかることをしたかというと、私は極端なガール・シャイなのです。若い婦人のまえへ出ると体がふるえて、口も利《き》けなくなるのです。それでいて私は女性に対して、むつかしい理想を持っていました。そういうふたつの性質がわざわいして、私にはとても尋常の手段では、妻なり、愛人なりを得ることは思いもよりませんでした。そこで私は大学を出た年に、思いきって未来の妻なり、愛人なりを養成しようと思い立ったのです。ひょっとするとそれは、学生時代に読んだ源氏物語の影響だったかもしれません。源氏の君が紫の女王を、自分の理想の妻となるように、用心ぶかく育てていったように、私も幼い少女から、自分の理想の妻なり、愛人なりに育ててあげようと思ったのです。いかに極端なガール・シャイの私でも、まさか、九や十の少女のまえで、ふるえるようなことはありませんでしたから。そして、その白羽の矢にあたったのが由美でした」

佐伯の瞳には往時を追憶するような、ほのぼのとしたいろが現われた。

それはかなり常規を逸した話である。しかも、それを語っている佐伯の口調に、少しもそれを異常な話だと思っている様子が見えないので、その異常さがいっそう誇張されて感じられた。

復員者ふうの男はひそかに生唾《なまつば》をのみこんだ。

「由美はほぼ理想に近い少女でした。いや、将来、理想に近い女になるだろうと思われるような少女でした。私も根気よくそういう少女を物色して、ついに彼女を得たのでした。いまえにもいったように、当時、彼女は九つでしたが、可哀そうな娘でみなし児でした。いや、母親はどこかに生きているらしいのですが、多情な女で、由美が二つの年に、情夫をこしらえて逃げてしまったのです。それ以来彼女は、男親ひとつの手で育てられたのですが、八つの年に、父親も亡くなったので、彼女は芸者屋の下地っ子として売られていたのです。芸者屋の姐《ねえ》さんも、おそらく彼女の美貌《びぼう》に眼をつけていたのでしょうが、あるとき、はからずも私が彼女を見かけ、可憐《かれん》なその姿を見染めたというわけです」

佐伯はそこでひと息いれると、額ににじむ汗を拭《ぬぐ》うて、それからまたボツボツ話しだした。

「彼女を芸者屋から引き取るのには、そうとう厄介な交渉が必要でしたが、万事は金が解決してくれました。幸い私は、親が残してくれたそうとう大きな財産がありましたし、また、そういう物好きな私の試みに干渉するような、身近な親戚はひとりもなかったので、万事は順調にはこびました。私を育ててくれたただひとりの身近な肉親の叔母《おば》も、私が大学を出るまえの年に亡くなっていたのです。だから私はだれにはばかるところもなく、思うように彼女を教育できたわけです。私はできるだけ彼女を高貴に、気高く、しかもコケティッシュに育てあげようと決心していました。そして、その目的はだいたいにおいて果たされたのです。私は由美を国民学校へはやりましたが、それから上の学校へはやろうとしませんでした。そのころの女学生のがさつさには我慢ができなかったからです。小学校を出た翌年、十五年の秋に由美は初経をみました。その直後に、私は彼女を自分のものにしたのです」

復員者ふうの男は、ふたたびドキリとしたように、相手の顔を見なおした。

しかし、佐伯の表情は、そういう異常な告白をするものとは思えぬほど平静だった。いや、彼はむしろ自らつづるこの告白に、酔うているようであった。一種恍惚《こうこつ》たるかぎろいが、佐伯の顔を覆うていた。

「こういう話をすると、あなたはさぞ私のことを、非人道なけだもののようにお思いでしょう。しかし、まあ、考えてもみてください。私はその日まで足かけ六年待っていたのですよ。私はもう三十にもなっていたのに、童貞を守りつづけていたので、もうそれ以上待てなかったのです。由美はむろん、はじめはもちろん驚きました。羞恥《しゅうち》のあまり、ひどく不機嫌になり、また悲歎《ひたん》にくれているようでもありました。しかし、私は自信を持っていましたし、それに一度彼女を自分のものにすると、あとはもう急ぎませんでした。私はおもむろに彼女の肉と心の熟れるのを待っていたのです。その時期はすぐにやってきました。

一度男の血に触れた彼女の性と情は異常なスピードで成熟しました。そして私は、自分が絢爛《けんらん》たるお花畑のなかにいるのに気づいたのです」

佐伯の顔にうかんだ恍惚たるかぎろいは、いよいよ深くなってくる。かれは酔ったように語りつづけた。

「もし私たちが、同じ年頃の青年男女だったならば、私たちの身辺には、あれほど香ぐわしいお花畑はくりひろげられなかったでしょう。同じ年頃の青年男女だったならば、どんなに打ち解けたといっても、そこに多少の気取りや羞恥があり、そのために夜の構図にもおのずから制約をうけるでしょう。しかし、私と由美は十五も年齢が違っていた。そうなっても由美はなお、私のことをおじさまと呼んでいました。だから彼女は子供が大人に甘えるように、どんな大胆なふるまいでもできたのです。まったく当時の彼女は、汲《く》めどもつきぬ好奇心の泉を持った小鬼のようでした。私はまた私で、彼女をひろいあげてきた当時と、同じような気持ちでいたものですから、どんな要求でもできたのです。だから私たちの夜の肢態には、ふつうの愛人同士では経験できないような、味の濃いものがありました。当時は私も若かったし、そう、いわゆる男盛りという年ごろでしたろう。それに現在のように痩せてはおらず、肉づきも豊かで、精力に満ち溢《あふ》れていました。彼女は彼女で、まえにもいったように、汲めどもつきぬ好奇心の泉を持っていたので、私たちの夜の構図はうむことを知らなかったのです」

佐伯の声はいよいよ熱をおびてくる。あの暗い、ものうい瞳《ひとみ》が、いまでは烈々たる輝きを示している。

佐伯はちょっと言葉をきって、口のはたを拭《ぬぐ》うと、それからまた熱をおびた口調で語りだした。

「こういったからとて、私は夜の快楽にのみ、溺《おぼ》れていたわけではありません。私は一方、彼女を教育することを忘れませんでした。まえにもいったように私は彼女を、コケティッシュな一面、高貴で、気高く育ててあげようとしたのです。つまり私は西洋の諺《ことわざ》にある、客間では淑女、寝室では野獣という、女の理想を、彼女のなかに築きあげようとしたのでした。そして、まえにもいったとおり、その目的は、ほとんど理想に近いまでに達せられました。実際、二十前後の彼女の美しさは、それこそ神々しいばかりでした。それでいて、全身から放つ香気は、どんな男をも魅了しつくさずにはおかぬくらいでした。当然、彼女の周囲には、いろんな若い男が集まってきましたが、川地君もそのひとりだったのです」

佐伯はそこで急に現実に呼びもどされたように、復員者ふうの男に眼をやると、

「あなたは川地君の戦友だったそうですから、彼をよくご存知でしょうが、戦場の川地君はいざ知らず、兵隊にとられるまえの彼は、実に、たぐいまれな美少年でした。年齢はたしか、由美より二つ下でしたが、それでいて、女にかけては凄《すご》い腕を持っていたのです。たしか由美と同様、みなし児だったようですが、横浜で育った有名な不良少年で、十四の

年にすでに女を知っていたといいます。それ以来、素人といわず玄人といわず、彼の胸に抱かれた女は、枚挙にいとまあらずという有様だったようです。私がどうしてそのようなことを知っているかといえば、彼が由美に接近してきた当初に、私立探偵をやとって、ひそかに彼の素行を調べさせたからで、私はいつも新しい男が、由美に接近してくるごとに、そうして大事をとっていたのです。それではなぜ、そのように危険な男を、由美の身辺から遠ざけなかったかというと、私には自信があったからです。由美はたぶんにコケティッシュなところがあり、それが男たちに希望を持たせるのですが、その一面、高貴で、気位の高いところがあるので、つまらぬ男の甘言に、欺かれるような心配は全然なかったのです。それに彼女はまた、私以上に彼女を満足させうるような肉体と技巧を持つ男など、ありえようはずのないこともよく知っていました。だから私は男たちが、由美の手にのって、あらぬ希望を持ち、しだいにじりじりとあせってくる様子を見ているのが面白くてたまらなかったのです。つまり、私は自分の創りあげた女を、男たちに見せびらかし、彼らをあせらせ、煩悶《はんもん》させ、しかも彼らの垂涎《すいぜん》の的であるところの女を、独占しているというところに、このうえもない満足をおぼえていたのです。そして、もし、あの呪わしい戦争というものがなかったら、私たちの快楽にみちた生活は、もっともっと長くつづいたことでしょう」

そのころから、佐伯の顔色には、しだいに暗い影がさしてきた。言葉の調子にもだんだん熱がなくなり、話すのも大儀そうになってきた。

彼は光のない目をぼんやり上げて、あてもなく、遠くのほうを見つめながら、それでも惰性のように語りつづけた。

「これからさきのことは、私としては思い出すのもいやなのですから、できるだけ簡単にお話しましょう。昭和十六年の夏のはじめ、私は赤紙を受け取りました。当時私は三十六歳、由美は二十一歳になっていました。当時の情勢では、三十六歳の未教育兵が応召するのも不思議ではなかったので、私も覚悟はきめていましたが、さすがに由美のことが心がかりでした。そこで四人の友人を選んで、彼女のことを託していったのです。四人の友人というのは、五味《ごみ》謹之助《きんのすけ》、志賀久平《しがきゅうへい》、鬼頭準一《きとうじゅんいち》、それから川地謙三君です。五味というのは中学時代の私の後輩で、私立大学を出て築地《つきじ》の商事会社へつとめている男でしたが、大学時代から私が面倒をみていた男です。年齢は私より三つ下でした。志賀久平は私と大学の同窓ですが、以前はそれほど出入りもしなかったのに、由美が年ごろになって、急に美しさを増してきたころから、妙に足繁くやってくるようになった男です。当時私立大学の講師をつとめるかたわら、詩のようなものを書いていたようです。鬼頭はまえに家の書生をしていた男ですが、頭のよいやつで、私立大学の夜学を出ると、当時景気のよかった軍需会社へ入って、かなりの羽振りのようでした。そのころ、三十前後だったでしょう。最後の川地君については、すでにあなたもご存知のとおりですが、つまりこの四人が、もっとも熱心な由美の讃美者だったのです。みんなまだ独身でしたよ。それではなぜ、よりによってこういう危険な人物ばかりを選んで、後事を託していったかというと、私としては毒をもって毒を制するつもりだったのです。彼らをたがいに牽制《けんせい》させることによって、由美の安全をはかろうという苦肉の策でした。さて、この四人と由美を加えた五人の男女に、さかんな壮行会を開いてもらうと、私はすぐに入隊し、ほとんどなんの訓練をうけるひまもなく、前線へ送られたのです。私がどこの前線へ送られたか、それはここに必要のないことですから触れないでおきますが、六か月ののちに私は足部にひどい負傷をし、後方へ送り返されました。そしてそこの病院で、左の膝《ひざ》関節から下を切断され、義足をはめるような体になって、召集解除になり、家へ帰ってきたのは、昭和十七年の春のことでした。ところが、私が家へ帰って一週間目に、突如、由美が毒をあおいで自殺をしたのです」

佐伯はひと息にそこまでしゃべってしまうと、ほっと深い吐息をもらして、額ににじむ汗を拭った。そして、それきり黙りこんでしまった。

復員者ふうの男も口を利かない。

しばらく二人のあいだを、濃い沈黙の気が流れた。

市ケ谷のお濠《ほり》の水がいよいよ輝きをまして、靖国《やすくに》神社の杜《もり》のあたりから、何鳥か、胡麻《ごま》をまいたように空へ舞い上がるのが見える。

しばらくしてから、復員者ふうの男が、さぐるように相手の顔を見ながら、ひくい声で訊《たず》ねた。

「奥さんの自殺の原因はご存知だったのでしょうね」

「知りません。遺書も遺言もなかったのですから」

復員者ふうの男は、疑わしそうに相手の顔を見ていたが、強いてその点を追及しようともしなかった。

「そして、それから一年たった。奥さんの一周忌の法事の席で、あの事件が起こったのでしたね」

佐伯は暗い、ものうい目をしてうなずいた。

復員者ふうの男は、ポケットからさっき揉《も》み消したたばこを取り出すと、それに火をつけた。そして、ゆっくりとそれを吸ってしまうと、吸殻を靴でふみにじり、さて、あらためて佐伯の顔を見た。

「さあ、これでいよいよ問題の核心へ入ってきましたが、われわれはいまここでもう一度、あの事件を復誦《ふくしょう》してみようというわけです。いかがです。あなたがお話しになりますか、それとも私が話しましょうか」

佐伯は黙って相手の顔を見ていたが、やがてかるく首を左右に振ると、

「どちらでも……」

と、ひくい声で答えた。

「そうですか。それではぼくが話をすることにしましょう。あなたはお疲れのようだから。川地君はこの話を、くり返し、くり返し、私に話してくれたものです。私もまたくり返し、くり返し、あいまいなところや、不得要領なところを突っ込んで訊ねたものです。だから、たぶんぼくは正確に近いところまで、お話ができると思うのですが、もし、間違ったところがあったら、遠慮なく訂正してください」

復員者ふうの男は小首をかしげて、記憶を追うような目つきをしながら、ぼつりぼつりと語りだした。

「あのとき、あなたは法事が迫ると、二日まえに四人の男をこのお屋敷へ召集されたのでしたね。四人というのはいうまでもなく、あなたの中学時代の後輩で、当時築地の商事会社につとめていた五味謹之助君、大学時代の同窓で、詩人で私立大学の講師をしていた志賀久平氏、お宅の書生あがりで、当時景気のいい軍需会社へつとめていた鬼頭準一君、それから川地謙三君の四人で、つまりあなたが応召されるとき、後事を託していかれたひとびとです。そのひとたちはあなたの要請で、法事の日の前々日からここに泊まっていたわけです。ただ、問題の川地君だけは、法事の前夜、他に用事があってこの家を出て、ひと晩ほかに泊まり、法事の日のお昼過ぎにここへ帰ってきた。そして、そのことが後に、微妙な問題をこの事件に投げたのでしたね」

佐伯は黙ってうなずいた。

「さて、事件の核心へ入るまえに、もうひとつ、あとから思えばこの事件の前奏曲だったと思える出来事からお話しておきましょう。このことは、川地君が留守にしているあいだに起こった出来事なので、彼はあとになって、ひとに聞くまで知らなかったそうですが、法事の日の朝、ちょっとへんなことがこの家で起こりました。あなたの愛犬のシェパードが、急に苦しみだしたかと思うと、あっという間もなく血を吐いて死んでしまった。しかし、そのときは、皆さんも驚いたことは驚いたが、相手が犬のことですから、さほど気にもとめず、たぶん食当たりでもしたのだろうということになって、そのまま見過ごしてしまった。しかし、あとになってこのことが、ひどく重大な意味を持っていたことがわかったのでしたね」

佐伯はまた暗い目をしてうなずいた。

復員者ふうの男は、その顔をまじまじと見守りながら、息をうちへ吸うようにして、

「さあ、これからがいよいよ事件の本題ですが、川地君の話によると奥さんの法事といっても、お坊さんを呼ぶでもなく、あれはそういう抹香くさいことはいっさいきらいだったから、陽気に飲んで騒いで、あいつの霊をなぐさめてやろうというあなたの発案で、宵から酒になりました。そして、日本酒、洋酒、ビールとちゃんぽんで、あの事件の起こった八時ごろには、主客合わせて五人、かなりの酩酊《めいてい》状態だった。そこへあなたがまた、ブランデーを出されたのでしたね」

「いや、ブランデーじゃない。ジンでした」

「そうそう、ジンでした。ところでいい忘れましたが、事件の起こったのは洋式の客間で、あなたはその客間の一隅に、自分の好みのバーを作っていられた。あなたはそのバーのスタンドの上に銀盆をおいて、その上に五つのグラスをならべ、それへジンを注がれた。そして、盆を持って一同に配ろうとされたところへ、爺《じい》やさんが客間の外からあなたを呼んだので、お盆はそのままにして出ていかれた。爺やさんの用事というのはどういうことでした」

「なに、つまらないことで、ネロ――その朝死んだシェパードですが、その埋葬のことについて聞きにきたのです」

「なるほど、それであなたが客間へ帰ってこられるまでに、何分くらいかかりましたか」

「ほんの二分か三分だったでしょう。簡単な指図をあたえればよかったのですから」

「なるほど、なるほど、ところであなたが客間を出ていられるあいだに、詩人の志賀久平氏が待ちかねて、バーのそばへ近よられた。そして、注いであったグラスのひとつを飲み干したばかりか、何気なく四つのグラスの位置をあちこちと置きかえてしまった。このことは志賀君も後に告白していますし、ほかの三人もそれに気がついていた。さて、志賀氏がグラスのひとつをからにして席へ帰ったあとへ、軍需会社の鬼頭準一君が、志賀氏の真似をしてバーへ近づいた。そして、これまたグラスのひとつに手をかけたとき、あなたが外から帰ってきたので、あわててグラスを銀盆の上におくと、首をすくめてかたわらに身をよけた。そこへあなたが入ってきて、銀盆を持って一同にグラスを配られたのでしたね」

「いや、そのまえにグラスのひとつがからになっていたので、だれだ、いたずら者はといいながら、あらためてからのグラスに注いだのです」

「ああ、そうでしたね。さて、そのときのあなたのグラスの配りかたが、後に問題になったので、そこのところはとくに詳しく、川地君から聞いておきましたが、それはこうでしたね。あなたはまず、スタンドのすぐそばにいた軍需会社の鬼頭君に、グラスをとってわたされた。それからついで詩人で大学講師の志賀久平氏にグラスをわたし、さらに中学時代の後輩五味謹之助君に第三のグラスをわたされた。そして、ふたつ残ったグラスを銀盆ごと、さあどうぞと、川地君のまえに差し出したのでしたね」

「そうでした。川地君はテーブルの向こうにいたので、手がとどかなかったので、盆ごと前に差し出したのです」

「ところがその時、横合いから、五味謹之助君が手を出して、盆の上にのっかっている二つのグラスのうちのひとつを取り、それを川地君のまえにおいてやったのでしたね」

「そうです、そのとおりです。川地君はなかなか詳しいことを覚えていますね」

「それはもう、あのとき、係官の取り調べで、何度も何度もくり返したことでしょうからね。さて、そうしてみんなにグラスがいきわたったので、いざ、乾盃《かんぱい》というところで、だれかが空襲だと叫んだのでしたね。だれでしたか、あれは……」

「書生の鬼頭でしたよ。あの男はそそっかしいから、ときどきすっとんきょうな間違いをやらかすんです。あのときも、省線電車の音かなんかを、サイレンと間違えたのでしょう」

「しかし、当時の情勢が情勢だから、皆さんそれを聞くとはっとして、グラスをおいて立ち上がった。なかには窓のそばへ飛んでいったひともあった。しかし、間もなく間違いだということがわかったので、鬼頭君をひやかしたり、からかったりしながら、もとの席へ帰ると、あらためてジンを飲んだ。すると間もなく五味君が苦しみだして、あっという間に血を吐いて死んでしまったのでしたね。五味君がジンを飲んでから苦しみだすまでには、どのくらい時間がありましたか」

「さあ。……ほんの一分か二分ではなかったでしょうか。五味君以外にジンを飲み干していたのは、私だけでしたからね。川地君のごときはまだ口もつけていなかった」

「そうだったそうですね。さて、五味君のこの急死によって、その場の情景は一変しました。すぐに医者が呼ばれる。医者の注意によって警察へ報告され、警察から係官が駆け着ける。そして、いろいろ調査の結果、五味君の死はジンのなかに混入していた青酸カリによる中毒死と決定し、さて、そうなると、だれが五味君のジンのなかに、青酸カリを投入したかということが問題になってきたのでしたね」

復員者ふうの男はそこで言葉をきると、佐伯の顔から目を離し、ようやく暮れなずんでいく、あたりの廃墟《はいきょ》いったいを見回した。

ものの影すべてが長くのびて、荒寥《こうりょう》たる傾斜面に、さまざまな奇怪な陰影をえがいているそれは気の重くなるような風景だった。

復員者ふうの男はかすかに身ぶるいをすると、またとつとつと語りだした。

「五味君のジンのなかに、青酸カリを投入する、いちばん濃厚なチャンスを持っていたのは、いうまでもなくあなたでした。あなたは五つのグラスにジンを注がれた。そして、それを自らの手によって一同に配られた。だから、五つの、グラスにジンを注ぐとき、そのなかのひとつに青酸カリを投入し、そのグラスを五味君にわたされた。と、こう解釈すると話はいちばん簡単なのです。ついでながらいっておきますが、ほかの四つのグラスには、どれにも青酸カリの痕跡《こんせき》はなかった。もっとも、あなたのグラスはきれいに飲み干してあったので、これはもう調査するまでもなかった。もし、そのグラスに青酸カリが入っていたら、あなた自身、五味君同様血を吐いて死んでいられたでしょうからね」

佐伯が暗い目をしてうなずいた。

復員者ふうの男はさらに言葉をつづけて、

「だから、さっきもいったように、あなたが毒殺者だということになれば、事件は簡単に片付いたはずなんですが、それがそうはいかなかったというのは、グラスにジンを注いでから、あなたが一度部屋を出ていかれたことです。しかも、そのあとで志賀氏がグラスに近よって、そのなかのひとつを飲み干したばかりか、あとの四つのグラスを何気なくおきかえてしまった。だからあなたが部屋へとって返してきたときには、どのグラスに青酸カリが入っているか、全然わからなくなっていたわけです。この五つのグラスは後になって、綿密に調査されましたが、それは完全に揃ったグラスで、肉眼ではどんな些細《ささい》な相違も目印も発見されなかった。だから、あなたが青酸カリを投入したとしたら、それを配るとき、途方に暮れたはずなんです。あなたご自身、グラスがおきかえられていることに気がついていたのですから、青酸カリの入ったグラスがどれであったか、わからなくなっていることにも気がついていたはずです。だから、うっかりすると、毒のグラスが自分に当たるかもしれない。それにもかかわらず、あなたはなんのためらいもなく、平気でグラスを配られた。したがって、毒を盛ったのはあなたではないと、まずいちおう、あなたは嫌疑者から除外されたわけですね。そうそう、いい忘れましたが、あなたは部屋へ帰ってきてから、志賀氏の飲み干したグラスに、またジンを注がれたが、そのときは鬼頭君がすぐそばに立って見ていたので、絶対に毒を入れるチャンスはなかったし、鬼頭君もまた、絶対にそんなことはなかったと証言しています」

佐伯はまた無言のままうなずいた。

復員者ふうの男の話すこの物語から、彼がなんらかの感動をうけているのか、それとも全然無関心なのか、その表情からは少しもわからなかった。

彼はただ暗い目をして、じっと足下を見つめているのである。

「さて、毒を盛ったのがあなたでないとすると、ほかにだれがそのチャンスを持っていたか。それはいうまでもなく志賀氏と鬼頭君です。ふたりとも五つのグラスに近づいているのですからね。しかし、志賀氏にしろ鬼頭君にしろ、彼らのうちのひとりが毒を盛ったとしても、そのグラスが五味君にいくことをどうして知っていたか。……そんなことは不可能なことですね。グラスを配ったのは彼らのうちのどちらでもなく、あなただったのだから、うっかりすると毒入りグラスが、自分にまわってくるかもしれない。こう考えてくると、毒を盛ったのはこのふたりでもないことになる。したがって、青酸カリが投入されたのは、グラスが配られるまえではなく、グラスが配られたあとではないかと、当然、だれでも考えることになるし、そうなると、鬼頭君の間違いから起こった、あの一瞬の空襲騒ぎが、重視されてくることになったのでしたね」

佐伯は黙ってうつむいている。その半面を西陽が茜《あかね》色にいろどっていた。

「鬼頭君が空襲だと叫んだ刹那《せつな》、みんなはグラスを下において、さっと緊張した。そのすきにだれかが五味君のグラスに、青酸カリを投げ込んだのではないか。……そこでそのときの五人の位置が問題になってきました。私は川地君からそのときの、五人の位置をこれまたくり返しくり返し聞きましたが、それはだいたいこうでしたね。五味君と川地君とは部屋の中央のテーブルについていた。五味君は空襲だと聞いた刹那、椅子から立ち上がったが川地君は立たなかった。鬼頭君は空襲だと叫ぶと同時に、窓のそばへ飛んでいった。志賀氏は部屋の隅のソファに座ってグラスを手に持っていた。あなたはまた部屋の隅のバーのスタンドによりかかって立っていられた。したがって、そのとき、五味君のいちばん近くにいたのは川地君であり、彼以外に五味君のグラスに毒を入れうるものはなかったということになります。こうしてがぜん川地君が、有力な嫌疑者としてうかびあがってきたとき、さらにこれに拍車をかけるように、志賀氏が驚くべき証言を持ち出したのです。すなわち、空襲だという鬼頭君の叫びに、五味君はすわとばかりにグラスをおいて立ち上がった刹那、川地君がこっそりと、自分のグラスと五味君のグラスをすりかえるのを見たというのです。これでいよいよ川地君の嫌疑はのっぴきならぬものとなり、係官からきびしく訊問《じんもん》されたあげく、彼もついにグラスをすりかえたことは認めました。しかし、それはけっして五味君を毒殺するためではなく、実は、自分がグラスを飲もうとすると、なかに短い髪の毛がういていた。その髪の毛は取り捨てたものの、なんとなく気持ちが悪く、飲むのを躊躇《ちゅうちょ》しているところへ、あの空襲騒ぎが起こって、五味君が立ち上がったので、これ幸いとグラスをすりかえたのである。……川地君はそういって弁明したのでしたね」

　復員者ふうの男はそこで言葉をきって、またあたりを見回した。

陽はすでに廃墟のかなたに沈んでしまって、あたりは蒼茫《そうぼう》たる暮色につつまれている。あの百日紅《さるすべり》の花も烈日の輝きを失って、妙に黒ずんでいた。

「むろん、川地君の弁明はなかなか信用されませんでした。しかし論理的に、いちおう彼の弁明を取り上げることにして、もう一度事件はあらためて検討されることになりました。川地君の弁明がもし真実だとすれば、事件はすっかりひっくりかえることになる。すなわち、犯人が殺そうと目差した相手は、五味君ではなくて実は川地君ではなかったかということになります。すなわち、川地君のとったグラスのなかに、はじめから毒が入っていたのではないか。……そこでまたあらためて、グラスの配りかたが問題になってきました。それというのが、川地君の弁明のなかに、ひとつ注目すべき点があったからです。川地君が五味君のグラスとすりかえたのは、何か短い髪の毛がういていたからであるという証言です。髪の毛のういたグラス、ひょっとするとそれこそ毒入りグラスの目印ではなかったか……」

復員者ふうの男は相手の顔色を読むように、そっと様子をうかがったが、佐伯はあいかわらず黙然として言葉もなく、眉毛《まゆげ》ひとすじ動かさなかった。

復員者ふうの男は、ふたたび言葉をついでさて、

「さっきもいったように、そこでまた、あらためてグラスの配りかたが検討されました。もし、髪の毛が毒入りグラスの目印だったとすれば、志賀氏や鬼頭君がいくらグラスの位

置をかえてもかまわなかったわけです。あなたは髪の毛の入ったグラスをさけて、鬼頭君から志賀氏、それから五味君と順次グラスをわたしていかれた。だからもし、あのときあなたが川地君にも、グラスをとってわたしていたら、あなたの嫌疑はのっぴきならぬものになったところでした。ところがそれがそうではなかったので、また話がこんがらかってきました。あなたはふたつ残ったグラスを、盆ごと川地君のまえに差し出された。もし、そのとき、川地君が毒入りグラスをさけて、もうひとつのグラスをとったらどういう結果になるか。むろん、川地君に毒入りグラスをとらせるように、グラスの配置をくふうしておくことはできるでしょう。人間というものはだれでも向かって右のものに手が出やすいものです。だからそこへ毒入りグラスをおいておくことによって、相手にそれをとらせるということはさして困難ではないかもしれない。しかし、それとて絶対というわけにはいかないのに、しかも、あの場合、実際にグラスをとって川地君にわたしたのは、そばにいた五味君でした。五味君は川地君の左にいたのだから、当然、川地君からいって、向かって左にあったグラスをとったのです。したがって、毒入りグラスはむしろ川地君としては、とりにくい位置にくらいしていたことになる。そこでまた、あなたの嫌疑が動揺してきたところへ、青酸カリの入った一オンス瓶が、刑事によって発見されたのでしたね。しかも、川地君のかばんのなかから……」

　復員者ふうの男はまた、相手の顔を読むように、ちょっとそのほうへ目をやったが、す

ぐまたそれをそらすと、

「その瓶は川地君のかばんに入っていたのみならず、それが川地君のものであることは、志賀氏も鬼頭君も、それからあなたもよく知っていられた。それというのが事件のあった二日まえ、――その晩から一同はお宅へ泊まることになったのですが、一同が客間に集まっているところで、何かのはずみに川地君が、ポケットからハンケチを取り出したが、そのときその小瓶がハンケチについて床へころがり出した。そのときの川地君の狼狽《ろうばい》ぶりたるや非常なものだったので、一同のあたまに強くその小瓶のことが、印象に残っていたわけです。そのとき、川地君は、胃の薬だとかいってごまかしたそうですが、警察で調べた結果、青酸カリと決定したので、もはや川地君の嫌疑はのっぴきならぬものになってきました。川地君はあらためて、こういう情勢だからいつなんどきどういうことが起こらぬとも限らぬ。万一のときの自殺用として持っていたのだと弁明しましたが、そんなあやふやな言い訳が取り上げられるはずがありません。だから、もしあの日の朝のネロの一件がなかったら、川地君はきっと有罪の宣告をうけていたでしょう」

復員者ふうの男はそこでひと息いれると、

「まったく、ネロの一件こそ、川地君にとっては救いの神でしたね。五味君の事件が起こったので、あらためてネロの一件が見直されましたが、幸いネロの死体も、またその朝ネロの食った食物の残滓《ざんし》もまだそのままになっていたので、係官があらためて調査した結果、ネロの死もまた、青酸カリによる中毒死であり、その毒はその朝ネロの食った、食物のなかに混入していたということが判明しました。すなわち、その朝、だれかが青酸カリをつかって、ネロを殺したやつがいるのです。しかも、川地君はまえの晩からその日の昼過ぎまで、この家にいなかった。ネロの食った青酸カリ入りの食物は、その朝、爺《じい》やによってととのえられたものですから、この一件に関する限り、川地君には確乎《かっこ》たるアリバイがあったわけです。川地君の話によると、彼はその瓶をかばんのなかにいれ、それをこの家においたまま、ひと晩、ほかへ泊まってきたということです。だからだれかがその留守に、瓶の内容をいくらか取り出し、まずそれをネロに試みた。実際、その小瓶がポケットからころがり出したときの、川地君の狼狽ぶりは非常なものだったのですから、それを見ていたひとびとが、あるいは——と、疑いをいだいたのも無理ではなかったのです。さて、試してみると果たしてそれが猛毒だったので、こんどはそれを人間に用いたのではないか。——ということになると、問題はネロに毒を盛ったのはだれかということになりますが、それに関する爺やの証言というのが、一挙にしてこの事件をひっくりかえしたのでしたね。すなわち、爺やの証言によると、その朝、ネロの食物をととのえた後、急にほかに用事を思い出したので、それを台所においたまま、外へ出ていったが、しばらくして帰ってくると、五味君が台所から出てくるのに出会ったというのです。五味君、すなわち、被害者です」

復員者ふうの男はそこで意味ありげな微笑をうかべると、

「いや、事件もこれほどうまく運べば、おあつらえむきということになりましょう。爺やの証言から、いままで夢想だにしなかった五味君の自殺説が、急に大きくうかびあがってきました。そこで当時の五味君の状態を調査すると、おあつらえむきに、自殺もしかねまじき窮境にあったということがわかったのです。すなわち、そのころ、五味君のつとめていた商事会社は、戦争のためにつぶれてしまい、職もなく、非常に困窮していたうえに、健康もいたく害して自暴自棄になっていた。それのみならず五味君は、二、三の友人に向かって、いちばん楽な死にかたはなんだろうと、冗談まじりに聞いたことがあるという証言さえ飛び出してきました。そこでとうとうこの一件は、五味君の自殺ということでケリがついたのです。すなわち、川地君がグラスをすりかえた後に、そのグラスのなかに自ら毒を投じてあおったのであろう。志賀氏も川地君がグラスをすりかえるところまでは見ていたが、その後は空襲騒ぎに気をうばわれていたので、五味君のグラスを飲み干す直前の行動は見ていないといっています。関係者一同にとって、これ以上の好都合な解決があるでしょうか。むろん、あの戦争というものがなかったら、警察がわでもこういう安易な解決に満足しなかったかもしれません。しかし、そのうちにいちばん有力な容疑者川地君が兵隊にとられて、遠く海外へ派遣されてしまったので、とうとう、事件は五味君の自殺ということで片付いてしまったのです」

語り終わって復員者ふうの男は、さぐるように佐伯の顔を見守っている。佐伯はしかし依然として、放心したようにお濠《ほり》の向こうの高台を見守っている。そのまま化石していくのではないかと思われるような表情だった。

「さて」

復員者ふうの男は、そこで言葉をあらためると、

「以上が表面に現われた事実ですが、川地君がこの解決に、満足していなかったということは、たぶんあなたもご存知でしょう。川地君はこういうのです。五味君は自殺したのではない。あれはだれかが自分を殺そうとして毒を盛ったのだ。そして、そのだれかとは、佐伯一郎、すなわちあなただというのです」

復員者ふうの男はそこで言葉をきると、じっと佐伯の顔を見守っている。

佐伯はしかしかくべつ顔色を変えるふうもなく、依然として虚脱したような表情だった。しばらく二人のあいだに、緊張した沈黙のひとときが流れた。その沈黙をやぶって、口を開いたのは佐伯だったが、その口ぶりはいかにも大儀そうであった。

「川地君には、何か私に殺されるような覚えがあったというのですか」

「そうです。あったのです。しかし、それはあなたの誤解だというのです」

「誤解……?」

佐伯の唇は異様にねじれた。

それはいかにも、こみあげてくる怒りをおさえているような表情だった。何かいおうとするように、口を開きかけたが、すぐ思い直したらしく、ぴったりと唇を閉じてしまった。

復員者ふうの男はその顔色をまじまじと見守りながら、「佐伯さんはたぶん――と、川地君はいうのです。――佐伯さんの応召中に、暴力をもって由美さんを犯し、由美さんを自殺せしめた男をぼくだと思っているのでしょうが、それはぼくではなかったと川地君はいっているのです」

佐伯の唇がまた異様にねじれた。

「川地君はしかし、それをどうして知っているんです。由美の自殺の原因を――」

「それは由美さんから告白を聞いたからです。由美さんは自殺する直前に、川地君を訪れて何もかも打ち明けたそうです。その時、川地君はまさか由美さんが、自殺する決心だとは知らなかったので、そのまま帰したが、あとから思えば残念でならぬとくやしがっていました」

佐伯の唇はまたもや異様にねじれ、無気味な光が目に現われた。そして、何かはげしい言葉を吐こうとしたらしかったが、すぐまた思い直したように、のろのろとした口調になって、

「なるほど、それでは君のいうように、私が川地君に毒を盛ったとして、では、どういうふうにしてやったというのですか。そんなことは不可能だと、君自身がいま話したではあ

りませんか」

「いいえ、不可能というわけではありません。もし、あなた自身も毒を飲むつもりだったとしたら……」

突然、さっと佐伯の目に、鋭い光がまたたいた。それは闇のなかに散った一閃《いっせん》の火華《ひばな》のようなかがやきだった。

復員者ふうの男はとつとつとした調子でいった。

「問題はやはりあの短い髪の毛にあったのです。あれはやはり毒入りグラスの目印でした。そこまでは当時警察のひとたちも考えたが、もう一歩突っ込んで考えようとしなかったために、謎の真相から目隠しをされてしまったのです。あの髪の毛は五味君がとって、川地君にあてがったグラスだけにういていたのではない。ふたつ残ったグラスの両方にうかんでいたのです。すなわち残ったふたつのグラスには、ふたつながら毒が盛ってあったのです。だから川地君がどちらのグラスをとろうが問題ではなかった。あなたは川地君がそのグラスを飲み干すのを待って、自分も毒をあおるつもりだったのです。すなわちあなたは、川地君と差し違えて死ぬつもりだったのだ」

佐伯の肩が大きくあえいだ。

額にねっとりと汗がふき出した。一種異様な目つきで、彼は相手の顔を凝視していた。

「ところが、あなたも予期しなかったあの空襲騒ぎのすきに、川地君が自分のグラスと五味君のグラスをすりかえた。すりかえた理由はあのとき川地君がいったとおりで、髪の毛がういていたので気持ちが悪かったからです。ところがあなたも一瞬、あの空襲騒ぎに気をとられていたので、このグラスのすりかえに気がつかなかった。気がついていたらあなたはなんらかの口実を設けて、五味君がそのグラスに口をつけるのを止めたことでしょう。さて、あなたは川地君がグラスに口をつけるのを、いまかいまかと待っていた。ところがそのまえに五味君が苦しみだしたので、はっとしたあなたは、そこになんらかの間違いが起こったことに気がついて、急いで自分のグラスの中身をバーの流しへあけた。ひょっとすると、青酸カリの痕跡《こんせき》が残らぬように、もう一度ジンでゆすいだかもしれません。あなたのすぐそばにジンの瓶があったのだし、みんな五味君に気をとられていたのだから、それくらいの余裕はあったでしょう。佐伯さん。これがぼくの解いた謎の解答なんですが、あなたはこれをどうお思いですか」

佐伯の瞳のかがやきは、いよいよはげしさを加え、ほとんど燃え上がらんばかりであった。

しばらく彼は、孔《あな》のあくほど相手の顔を凝視していたが、やがてがっくり肩を落とすと、咽喉《のど》の奥でひくい乾いた笑い声を上げた。

それは世にも陰気な笑い声であった。

「なるほど君は利口なひとだ。どういうひとか知らないが、賢明な男だ。警察の連中にも解けなかった謎を、遠く異郷にあって、ひとから話を聞いただけで解いたのだから。しかし、君、その解答を聞いて私が驚くだろう、ふるえあがるだろうと思ったら間違いですよ。私はもう何者も恐れない。私はもう覚悟をきめているのだ。そうです、川地君を殺そうとしてあやまって五味君を殺したのは私だ。五味君には気の毒だった。その点については私も終始、良心のとがめをうけてきた。私はよっぽどあのときすべてを告白しようかと思ったのだが、殺人の嫌疑が川地君にかかってきそうになったので、沈黙を守ることにしたのです。すなわち、川地君を殺すことには失敗したが、そのかわり殺人罪であいつを絞首台に送ることができるかもしれぬと思ったからです」

「あなたが川地君を殺そうとなすった動機は？」

佐伯の顔にふいにムラムラとはげしい怒りのいろがこみ上げてきた。かれはやっとそれをおさえながら、

「召集解除になって帰ってきたとき、私はあまりにも由美がやつれ憔悴《しょうすい》しているのに驚きました。どこか悪いのではないかと訊《たず》ねたが、どこも悪くはないという答えでした。それでいてその夜、あれは私の抱擁をあくまでもこばんだのです。私があんなにも楽しみにして帰ってきた、そして由美がどんなに喜ぶだろうと期待して、胸をワクワクさせていた私の愛撫《あいぶ》を、あれは頑強にこばんだのです。そうです、一週間こばみつづけて、そのあげく自殺したのです。遺言もありませんでしたが、私はあれが死んでから、ひどい性病におか

されていることを発見しました。私が川地君を殺そうとしたのも無理はないでしょう」
「あなたはそれを川地君のせいだと思われたのですね」
「そうです。あいつ以外にだれが……それに私はまえに、由美があいつと接吻していると
ころを見たことがあるのです」
「接吻……？」
「接吻といっても額でしたがね。由美があいつを抱いて、額に接吻しているのを見たので
す。あのけがらわしい美少年の女蕩《たら》しめ！」
佐伯は歯をギリギリとかみならした。
復員者ふうの男はあわれむようにその顔を見守りながら、突然、べつのことをいいだし
た。
「佐伯さん、それにしても川地君があのときなぜ青酸カリを所持していたかご存知ですか。
川地君はそれを万一の場合の自殺用だと逃げたそうですが、むろん、そんなことはでたら
めで、川地君もあの時、ある男を殺すつもりだったのです。結局、決行する勇気に欠けて
いたけれど」
「わかっている。私を殺すつもりだったのだ。私もそれに気がついたから先手をうって
……」
「いいえ、違います。川地君が狙っていたのはあなたではありません。五味君でした」

「五味君……？」

佐伯は突然、大きくあえいだ。

「あいつがなぜ五味君を……？」

「由美さんの復讐《ふくしゅう》をするためでした。佐伯さん、由美さんを暴力をもって犯し、自殺せしめたのは、実に五味君だったのですよ」

「うそだ！」

佐伯が突然大きくわめいた。それから気がふれたような毒々しい声を上げて笑うと、

「人間というやつは最後の瞬間まで、なんといううそつきなんだろう。もしかりにそれが事実として、由美に悲惨な最期をとげさせたのが五味君だったとしても、あいつになぜ復讐しなければならぬ義理があるのだ。うそだ、うそだ、そんなことは大うそだ」

相手の興奮のしずまるのを待って、復員者ふうの男がしずかにいった。

「佐伯さん、あなたはさっき、川地君が由美さんに接近してきたとき、私立探偵をやとってあの男の素行調査をさせたとおっしゃいましたね。そのとき、もしさかのぼって彼の出生まで調べていたら、そういう誤解は起こらなかったのです。そうです。もし、そうしていたら、川地君の生母が、由美さんの生母と同じひとだということに、気がついたはずなのです」

「な、な、なんですって！」

「由美さんの生母は由美さんが二つのときに、情夫をこさえて逃げたとおっしゃいましたね。由美さんの生母はその男と横浜へ逃げ、そこで生み落としたのが川地君だったのです。由美さんも川地君もそのことは知っていましたが、川地君の当時の品行が品行でしたから、あなたには黙っていたのです。川地君は内地では不良だったかもしれないけれど、戦地では立派な兵隊でしたよ。そのことをあなたにおつたえしたかったのと、もうひとつ、あなたが五味君の死について、良心の呵責《かしやく》に悩まされていらっしゃるに違いないと思ったものだから、真相をおつたえするために、私はこうしてやってきたのです。あなたと川地君はふたりがかりで、偶然ながら由美さんの復讐をとげていたのですよ。佐伯さん、ここであなたにお目にかかれたのは幸せでした。古風ないいかたかもしれませんけれど、これも由美さんの引き合わせかもしれません。川地君から託された私の使命はこれで終わりました。では、さようなら」

復員者ふうの男は雑嚢《ざつのう》をゆすぶりながら立ち上がった。そしてかるく一礼すると、雑草をかきわけて廃墟のなかから出ていった。

その男が急坂を五、六間も下ったところで、佐伯一郎は夢からさめたように、卒然として呼びとめた。

「あっ、ちょっと、……あなたの名は……あなたのお名前は？」

「私の名前ですか。私の名は金田《きんだ》一耕助《いちこうすけ》、取るに足らぬ男です」

蒼茫《そうぼう》と暮れゆく廃墟のなかの急坂を、金田一耕助は雑嚢をゆすぶり、ゆすぶり、急ぎ足に下っていった。瀬戸内海の一孤島、獄門島《ごくもんとう》へ急ぐために――。

解説

中島　河太郎

横溝正史氏の文庫本が出版界空前のレコードを樹立した理由のなかに、謎解きの興味を満喫させられることと、探偵役の金田一耕助の魅力も数えられるだろう。

著者の戦前の作品には元警視庁の捜査課長の由利先生と、新聞記者三津木俊助のコンビが活躍していた。戦後、決意を新たにして本格長篇の確立を目ざして、「本陣殺人事件」に着手されたとき、はじめて金田一を起用された。だが、それとほぼ並行して執筆された「蝶々殺人事件」には、相変わらず由利先生が登場する。

その意味では、この昭和二十一年にはまだ金田一に探偵役の全権を委任するところまではいっていなかった。岡山県の旧家を舞台にした因襲と情念の世界に培《つちか》われた陰惨な謎を解くには、アメリカ帰りの風来坊の参加がきわめて有効であった。著者はこれ一作きりのつもりで、金田一は事件が終わると、飄々《ひょうひょう》とどこかへ行ってしまわせるつもりだった。だからその間に書かれた短篇では、金田一の出馬は考えておられない。

それが好評を博したので、つぎの「獄門島」は、瀬戸内海の小島を設定しただけに、金田一と磯川警部の再登場にふさわしかった。

一年半のつきあいで、著者も金田一を育てる気持が固まって、短篇にも姿を現わすようになった。そのもっとも早いのが「蝙蝠《こうもり》と蛞蝓《なめくじ》」で、第三者の目からは気味悪い存在として映った金田一が描かれている。

そのつぎが「黒猫亭事件」で、金田一から著者は伝記作者になることを認めてもらった。それと同時に書きはじめられたのが、「殺人鬼」である。「りべらる」の昭和二十二年十二月から、翌年二月にかけて分載された。

一人称で書かれたこの作品の「私」は、探偵作家である。義足の男におびえる美しい人妻に頼られた主人公は、灰色の生活に刺激剤を点じられた興奮を覚えた。彼女は典雅で高貴な容貌《ようぼう》に包まれているだけに、どこかノーマルでないところが、いっそう妖気《ようき》と魅力をもたらしているのだ。

彼女につきまとう義足の男は、一夜だけをすごした良人であって、彼女自身妻のある男と逃げて同棲《どうせい》していることを打ち明けた。そういう事情では何か不吉な事件の勃発《ぼっぱつ》が予想されたが、果たしてむごたらしい事件が起こった。そのお蔭《かげ》で主人公は、金田一と対面することになるのだ。

「金田一耕助という男は、魔法使いみたいなやつだ。この男が顔を出したとたんに、局面が一変したのだからえらいものである」と主人公が評しているように、それから殺人、自殺、殺害未遂、死体発見など、目まぐるしいほど事件の謎が輻湊《ふくそう》するのだが、金田一は義足の男の正体について、明快な分析をしてみせる。

ところが物語はあいにく、金田一の解明で終わらなかった。殺人鬼の正体がわかったにもかかわらず、その後にとられた思い切った行動について、金田一は世相の陰惨さを嘆いている。「なんの希望も救いもない、いまの時代に絶望した」というのは、敗戦の厳《きび》しさを噛《か》みしめていた時期に執筆されたことも、考慮に入れて然《しか》るべきかもしれない。

アブノーマルな性格が、さらに周囲までを感化させかねないのは、時代風潮の素地のせいもあるだろうが、それらに絶望もせず、思いやりのある措置のとれる健全性が、金田一の支持される原動力の一つであろう。

「黒蘭姫」も前作に一か月遅れて、昭和二十三年一月から三月まで、「讀物時事」に分載された。京橋裏の焼跡の中に三角ビルがあって、そのみすぼらしい五階に探偵事務所がある。金田一がいよいよ私立探偵として、独立の看板を掲げた思い出の場所である。

焼跡ビルもわびしいが、当時の百貨店もその名に価しなかった。七階建てなのに三階まででしか品物がないという寒々とした情景である。

この店の不文律で、黒蘭姫と呼ばれている女性の万引は黙認することとなっていた。あいにく新参の売子が万引の現場を発見したため、続けて二つの殺人事件が起こったのだ。黒蘭姫の正体を知っている支配人にとっては、どうしても彼女の犯行とは信じられないので、訪ねた先が金田一探偵事務所であった。事務所も貧弱だったが、会った探偵にもすっかり幻滅を感じた。

厚いベールを二重にかぶり、厚い外套《がいとう》をきて、皮の手袋をつけた黒蘭姫は、顔を見せないユニークな容姿だけに、かえって他の者が化けやすいかもしれない。とにかく金田一の女性心理への洞察の鋭さが、見事な罠《わな》をかけて、犯人を追いつめる。風変わりな事件の背後に潜む、境遇や性癖のもたらす悲劇に着目して、あわれさをそそりたてるものがある。

「香水心中」は昭和三十三年十一月に、「オール讀物」に発表された。香水王国を築きあげた女傑の実業家に懇請されたので、金田一は等々力警部を伴って、はるばる碓氷《うすい》峠の難路を車で越えてきたのである。だが、調査用件もきかぬうちに、お払い箱になってしまい、せっかく休暇までとらせて誘ってきた警部に対して、面目まるつぶれになってしまった。

ところが、この女傑の孫の心中死体が、奇妙な状況で発見されたため、再び出馬を求められる。心中相手の女性の夫、身籠《みご》もっている遠縁の女性、真実を隠していた女傑など、多彩な顔触れに、孫たちを含む一族がいる。

金田一のつけた目星は、死体鑑定の結果の新事実で大きく狂った。ようやく陣容をたて直した彼は、犯人の告白を手に入れたが、それが可能だったのも、彼のこまかい観測と記憶が生きていたからである。さりげなく描写して書きこまれた事柄が、あとの推理と解決に照応するのを見せつけられると、くやしさよりも膝《ひざ》を叩《たた》きたくなるほうが多い。

「百日紅《さるすべり》の下にて」は昭和二十六年一月の「改造」に発表された。執筆年時はあとになっているが、金田一の事件簿でいえば、「本陣殺人事件」解決後、兵隊にとられているから、内地帰還後の第一の手柄ということになる。

金田一は軍隊での最初の二年間を大陸ですごし、それから南方の島へ送られ、敗戦のときにはニューギニヤのウエワクにいた。彼はそこで死んだ戦友に託された使命を果たすため、市ヶ谷の焼跡にやって来たのだ。

暮れゆく焦土の市街を見おろす台地で、復員姿の彼と、先ほどから腰をおろしている義足の男の、静かな対決が始まるのだ。金田一は亡き戦友に代わって、過去の事件に結着をつけるつもりでいる。

戦地でのもて余した時間に、くり返し話を聞かせてもらい、真相究明に成功したという確信をもっている。

事件の核心はこの焼跡の主の最愛の妻の自殺にある。彼女こそはこの人物によって理想の妻に育てあげられていた。いわば源氏物語の紫の上であり、「痴人の愛」のナオミであった。掌中の珠《たま》がなくなったのは、彼女をひとしく讃美《さんび》した四人の友人のうち誰かが原因となったはずである。

一周忌の法事で毒殺事件が起こったのだが、金田一は亡き友人に代わって、事件の日を再現し、委曲を尽くした説明で、長い歳月に埋もれていた謎に結着をつける。その机上推理のあざやかさと、きめ手となる意外な事実は、妄執《もうしゅう》を雲散霧消させるに充分であった。使命を終えて、飄然《ひょうぜん》と立ち去って行く彼のうしろ姿は印象的で、しかもその行く先は瀬戸内海の孤島獄門島である。著者自選のベスト・テンはほとんど長篇だが、短篇で本篇をあげられたのはもっともと肯《うなず》けよう。

名探偵・金田一耕助、いまだ健在！

山前　譲

　数々の難事件を解決し、アメリカに飄然《ひょうぜん》として旅立ってしまった名探偵・金田一耕助が、初めてミステリー・ファンの前に登場したのは、一九四六年、推理小説専門誌「宝石」に連載された「本陣殺人事件」だった。それからちょうど六十年後の二〇〇六年、市川崑監督、石坂浩二主演の映画「犬神家の一族」が制作され、第十九回東京国際映画祭のクロージング作品としていち早く公開された。

　金田一耕助が信州で名推理を見せる「犬神家の一族」といえば、一九七六年に角川映画第一弾として、やはり市川崑監督、石坂浩二主演で制作され、記録的な大ヒットをした映画である。湖面からニュッと突き出た二本の足もショッキングな宣伝ポスターは、今なお記憶に新しい。石坂版金田一耕助は斬新《ざんしん》だったが、同じ姿によるちょうど三十年ぶりのリメイクもまた、大きな話題となっている。

　本書「殺人鬼」には、その名探偵の事件簿が四作収録されている。ミステリーとしての謎解きの興味とともに、そこかしこに見せる金田一耕助の実像もまた、興味をそそられるだろう。

金田一耕助の事件簿の第一ページを飾った「本陣殺人事件」は、岡山のある村で起った。発表は太平洋戦争が終った直後だが、作中の時代設定は戦前、一九三七年である。アメリカでの放浪生活から帰ってきた耕助は、その頃、久保銀造の支援で東京に事務所を開設していて、けっこう有名だったらしい。しかしほかに詳しく語られた戦前の事件はない。

一九三七年といえば日中戦争の勃発《ぼっぱつ》した年だ。それから日本は、いっそう戦争への道をひた走ることになるが、耕助もまた例外ではなく、戦地へと赴いている。最初の二年間は中国大陸だったけれど、それから南方の島へ送られたというから、きっと烈しい戦場に身をおいたに違いない。

一九四五年八月の終戦は、ニューギニアのウエワクで迎えたという。ウエワクではオーストラリア軍上陸時にある部隊が玉砕しているし、戦後も、近くのムシュ島に集結した生き残り将兵のうち千三百人以上が、帰還までの五か月余りのあいだに亡くなられたとのことだ。耕助は無事に帰還できたわけだが、無念にも戦地で散った戦友の遺言を背負っての帰国だった。

本書の「百日紅の下にて」（「改造」一九五一・一）では、そのニューギニアでの戦友、川地謙三のことづけを伝えに、復員姿の金田一耕助が東京・市ヶ谷に佐伯一郎を訪ねている。昭和二十一年、一九四六年九月のことで、時系列的に言えば、これが戦後最初の謎解きとなる。

事件そのものは戦時中、佐伯邸で起ったものだった。毒杯をあおってひとりの男が死んだのだ。いったんは解決をみたその事件を、瓦礫《がれき》が堆積《たいせき》し、廃墟《はいきょ》と化した東京の一劃《いっかく》で解き明かした名探偵は、やはり死んだ戦友のために、岡山の獄門島へと向かうのである。「横溝正史が語るわたしの10冊」（「週刊プレイボーイ」一九七五・十・二十八）にも選ばれた短編だ。

瀬戸内海の小島を舞台にした難事件の「獄門島」を解決したあと、金田一は事件記録者としてたびたび登場する作家のYさんとも会っている。そして、東京へ帰ってくると、いよいよ本格的な探偵活動に入った。関係者から事件の再調査を頼まれた「殺人鬼」（「りべらる」一九四七・十二〜四八・二）は、八代竜介という探偵作家の視点から描かれているが、お粗末なお釜帽《かまぼう》によれよれの袷《あわせ》、折目のたるんだ袴《はかま》と、お馴染《なじ》みの服装で登場している。人間関係の入り組んだ事件で、さすがの名探偵も真相の推理には苦しむのだった。

一九四七年十一月に起ったと思われる、エビス屋百貨店での殺人事件を解決した「黒蘭姫」（「讀物時事」一九四八・一〜三）の時には、銀座裏に探偵事務所を構えている金田一である。

その事務所のあった三角形のビルは、別名、化け物屋敷と言われるほどのみすぼらしいビルディングである。五階の金田一の事務所も三角形の部屋で、そこに、もじゃもじゃ頭からフケを撒《ま》き散らかす貧相な男がいたら、ちょっと相談するのをためらうのも仕方がないかもしれない。もっとも、推理能力は事務所の乱雑さや探偵の容姿とは関係ないのである。心理の綾《あや》をとらえて、事件の真犯人に迫る金田一だった。

ただ、この三角ビルの事務所は長続きしていない。長編「悪魔の降誕祭」によれば、〝そうした事務所みたいなものをひらいて、つぎからつぎへと、依頼者の持ち込む事件を、片っ端から能率的に、片付けていくというような才腕はかれにはなかった〟そうで、わずか三か月で閉めてしまったという。それからしばらくは、中学時代の同窓である風間俊六の二号が経営する、大森の割烹《かっぽう》旅館の離れ座敷に居候生活をしている。

そして、警視庁の等々力警部とともに車で軽井沢へと向かっている「香水心中」（「オール讀物」一九五八・十一）の頃には、世田谷《せたがや》の緑ケ丘アパートに事務所を構えていた。東京からわざわざ足を運んだにもかかわらず、調査の依頼を取り消されてしまう金田一だが、事態はやはり、名探偵の出馬を必要とするのだった。軽井沢といえば横溝氏が別荘を構えたリゾート地で、「香水心中」と同時期に書かれた「霧の山荘」や、長編「仮面舞踏会」でも舞台となっている。

二〇〇四年十一月二十三日、神戸市中央区東川崎町に「横溝正史生誕の地記念碑」が建立された。また、同年十月から翌二〇〇五年三月にかけて世田谷文学館で企画展「よみがえる横溝正史」が、二〇〇六年三月から六月にかけて狭山《さやま》市立博物館で企画展「金田一さん！出番です」が催されるなど、いまなお注目を集めているのが横溝正史作品であり、名探偵の金田一耕助である。本書「殺人鬼」で、その金田一耕助の名推理を、たっぷりと楽しめるに違いない。

本書には今日の人権意識に照らして不当・不適切と思われる語句や表現がありますが、作品執筆時の時代背景や作品の文学性などを考慮しそのままとしました。作品自体には差別などを助長する意図がないことをご理解いただきますようお願い申し上げます。

（角川書店編集部）

殺人鬼《さつじんき》

横溝正史《よこみぞせいし》

昭和51年 11月10日　初版発行
平成18年 11月25日　改版初版発行
令和 7 年 10月10日　改版34版発行

発行者●山下直久

発行●株式会社KADOKAWA
〒102-8177　東京都千代田区富士見2-13-3
電話　0570-002-301（ナビダイヤル）

角川文庫 14484

印刷所●株式会社KADOKAWA
製本所●株式会社KADOKAWA

表紙画●和田三造

●お問い合わせ
https://www.kadokawa.co.jp/（「お問い合わせ」へお進みください）
※内容によっては、お答えできない場合があります。
※サポートは日本国内のみとさせていただきます。
※Japanese text only

ISBN978-4-04-355504-8　C0193

◆◇◇

角川文庫発刊に際して

角川源義

第二次世界大戦の敗北は、軍事力の敗北であった以上に、私たちの若い文化力の敗退であった。私たちの文化が戦争に対して如何に無力であり、単なるあだ花に過ぎなかったかを、私たちは身を以て体験し痛感した。西洋近代文化の摂取にとって、明治以後八十年の歳月は決して短かすぎたとは言えない。にもかかわらず、近代文化の伝統を確立し、自由な批判と柔軟な良識に富む文化層として自らを形成することに私たちは失敗して来た。そしてこれは、各層への文化の普及滲透を任務とする出版人の責任でもあった。

一九四五年以来、私たちは再び振出しに戻り、第一歩から踏み出すことを余儀なくされた。これは大きな不幸ではあるが、反面、これまでの混沌・未熟・歪曲の中にあった我が国の文化に秩序と確たる基礎を齎らすためには絶好の機会でもある。角川書店は、このような祖国の文化的危機にあたり、微力をも顧みず再建の礎石たるべき抱負と決意とをもって出発したが、ここに創立以来の念願を果すべく角川文庫を発刊する。これまで刊行されたあらゆる全集叢書文庫類の長所と短所とを検討し、古今東西の不朽の典籍を、良心的編集のもとに、廉価に、そして書架にふさわしい美本として、多くのひとびとに提供しようとする。しかし私たちは徒らに百科全書的な知識のジレッタントを作ることを目的とせず、あくまで祖国の文化に秩序と再建への道を示し、この文庫を角川書店の栄ある事業として、今後永久に継続発展せしめ、学芸と教養との殿堂として大成せんことを期したい。多くの読書子の愛情ある忠言と支持とによって、この希望と抱負とを完遂せしめられんことを願う。

一九四九年五月三日